蒼き太陽の詩《うた》2

アルヤ王国宮廷物語

日崎アユム

角川文庫
23657

目次

おもな登場人物

◆ソウェイル
アルヤ王国第一王子。
最も神に近いとされる、蒼い髪を持つ。
三年前のエスファーナ陥落の折、
ユングヴィと逃げ延びていたが、
宮廷に帰還した。人見知りで気弱。

◆フェイフュー
アルヤ王国第二王子。
三年前に唯一助けられた王族。
ソウェイルの双子の弟。勝ち気で強気。

十神剣

中央六部隊

白将軍 テイムル
十神剣の代表者。
代々白将軍を務める貴族の出身。
近衛隊兼憲兵隊を統括する。

蒼将軍 ナーヒド
白将軍と同じく、
代々蒼将軍を務める貴族の出身。
中央軍管区守護隊隊長。

デザイン・地図作成／坂詰佳苗
イラスト／摯々

黒将軍 サヴァシュ

遊牧民チュルカ人の騎馬隊を取りまとめる。
黒軍はアルヤ軍最大の戦力。

赤将軍 ユングヴィ

東部からエスファーナにやってきた孤児。
赤軍は市街戦に最適化された部隊で、治安維持、暗殺など国の暗部の仕事を手掛ける。

杏将軍 ベルカナ

元踊り子。
杏軍は女人のみで構成されており、軍隊の看護などを手掛ける。

紫将軍 ラームテイン

元酒姫《サーキイ》。絶世の美少年。
紫軍は参謀及び情報統括部隊。

地方四部隊

黄将軍 バハル

西部の農民出身。
東部軍管区守護隊隊長。

翠将軍 エルナーズ

元男娼。西部軍管区守護隊隊長。

橙将軍 カノ

九歳。南部軍管区守護隊隊長。

緑将軍 アフサリー

十神剣歴が一番長い。
北部軍管区守護隊隊長。

アルヤ王国周辺地図

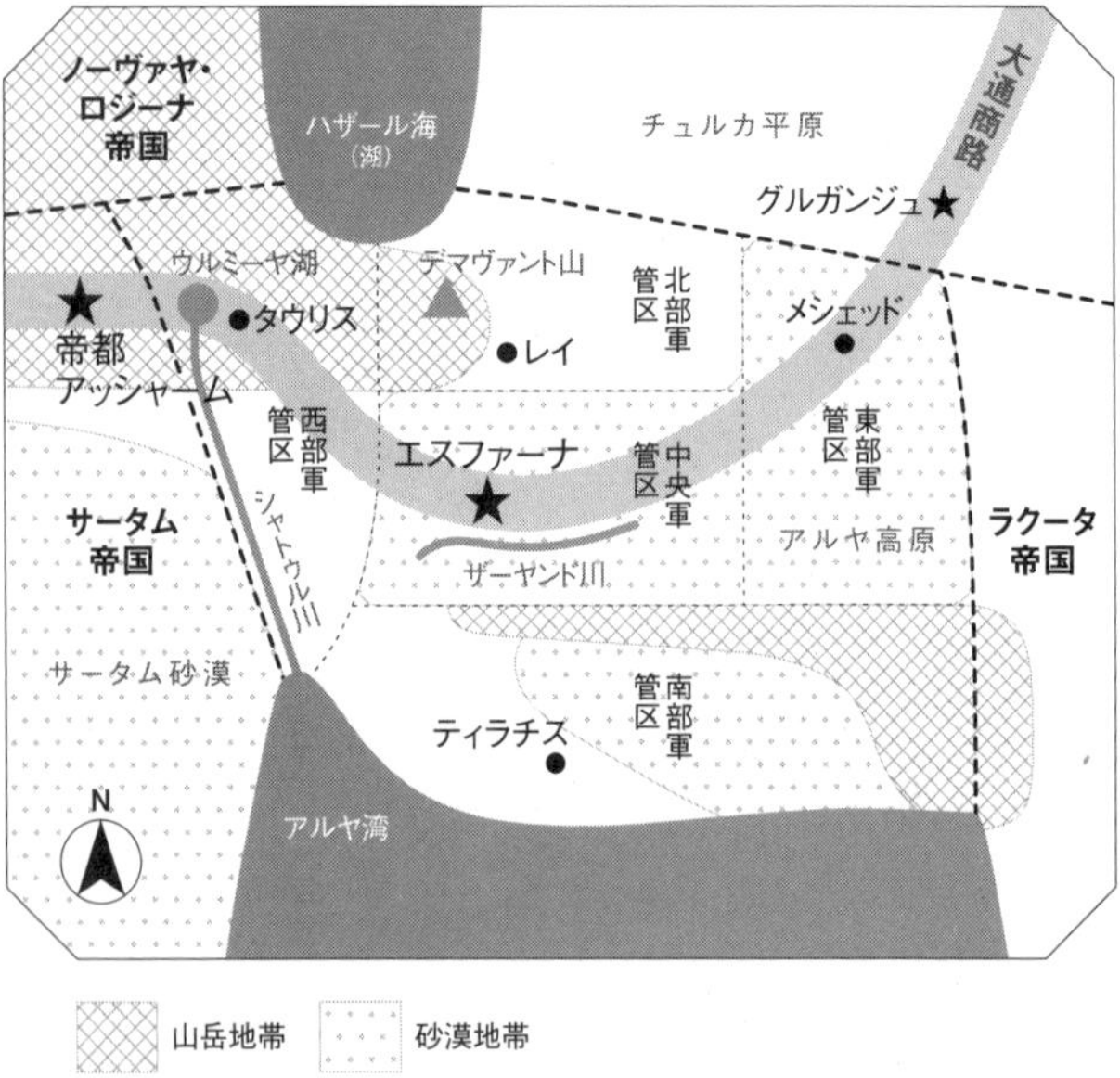

ノーヴァヤ・ロジーナ帝国
ハザール海（湖）
チュルカ平原
大通商路
グルガンジュ
ウルミーヤ湖
デマヴァント山
北部軍管区
帝都アッシャーム
タウリス
レイ
メシェッド
西部軍管区
エスファーナ
中央軍管区
東部軍管区
サータム帝国
シャトウル川
ザーヤンド川
アルヤ高原
ラクータ帝国
サータム砂漠
南部軍管区
ティラチス
N
アルヤ湾
山岳地帯
砂漠地帯

第３章　紅蓮の女獅子と無双の黒馬

何もかもを焼き尽くすかのように照りつけていた日光が、ここのところようやく手加減を覚えてくれたらしい。日没が少しずつ早まってきていた。アルヤ高原に束の間の秋が訪れようとしていた。

ソウェイルを蒼宮殿《そうきゅうでん》に帰してから、半月ほどが過ぎた。

この間、ユングヴィは慌ただしい生活を送っていた。

朝はソウェイルの顔を見るために宮殿北の王族の居室へ上がる。昼は自宅に帰って家事をしてひとりで食事をとる。夕方は赤軍《あか》の施設に行って副長たちの説教を聞く。夜は将軍になったばかりで心細いであろうラームティンを訪ねては邪険にされる。毎日その繰り返しだ。

しかし、ちょっとぐらい忙しいほうがいい。

昼ご飯を食べる時、夜布団に入って眠ろうとする時、ふと、ソウェイルはもうこの家にいないのだ、という現実を直視する時間が訪れる。今それが一番きつかった。

そんなある日のこと、朝いつものようにソウェイルの居室へ向かったところ、テイムルからソウェイルがいなくなったと聞かされた。ユングヴィは血の気が引いた。

だが、捜し始めてすぐ、蒼宮殿の裏庭のひとつ、日の当たらない椰子《やし》の木の陰でソウェイルの姿を見つけた。

「テイムルは何やってるんだ」

思わず独り言を言ってしまった。彼を蒼宮殿に返してからというもの、ユングヴィは独り言が増えた。

向こうがユングヴィの独り言に反応して顔を上げた。目が合った。変なことを口走らないように気をつけなければ、と自分で自分をたしなめる。

「ソーウェーイルっ」

元気がないのはひと目でわかった。膝《ひざ》を抱えて幼い眉根《まゆね》を寄せている。せっかく目が合ったというのに、次の時にはユングヴィから目を逸《そ》らして人工の小川に目を落としてしまった。

ソウェイルの隣に腰を下ろす。肩に肩を寄せる。

「どーしたのっ。何かあったの？　何でも聞いてあげるから話してごらん。きっとすっきりするよ」

ソウェイルがふたたび顔を上げた。しかしまたすぐに視線を落としてしまう。

「ソウェイル……？」

顔を覗《のぞ》き込もうとする。ソウェイルが抱えた膝に顔を押しつける。

「どうしたの？」

ややして、小さな声が漏れてきた。

「みんなキライだ」

「え？」

「みんなおれの頭ばっかりじろじろ見て。キライだ」

ユングヴィは、唇を引き結んでから、大きく息を吸って吐いた。

「みんな、って？」

「みんなはみんな。とくにテイムル」

仕方がない、という言葉を呑《の》み込んだ。ソウェイルの蒼《あお》い髪は目立ちすぎる。その蒼い色は自分たちアルヤ人にとっては神聖なものであり、誰もが崇《あが》め奉るものだ。

特にテイムル、という理由も、ユングヴィには痛いほどわかった。

テイムルは白《しろ》軍、つまり近衛《このえ》隊の隊長として育てられた人間だ。テイムルにとったら、王となるべき王子、まして聖なる『蒼き太陽』といったら、命に代えてでも守るべき存在だった。

ユングヴィは何度かテイムルがソウェイルを過保護にしているところを見ていた。

テイムルはソウェイルが自分の足で歩くことすら嫌がる。

「あとナーヒドとかラームとか」

誰も彼も、学校に通ったことのないユングヴィとは違って、礼儀作法のような教育を徹底的に受けてきている連中だ。彼らはアルヤ人として『蒼き太陽』に最大級の礼を払っているだけなのだ。

「……さいきん。かみのけが、のびて、きたから。またユングヴィに切ってもらおう、と思って」

ソウェイルがまだどこか舌足らずな口調で言う。

「って、テイムルに言ったら、すごく怒られた」

「怒られた？　何て言って？」

「『しんせいな蒼いかみにハサミを入れるとはなにごとか』だと」

自分の意思で髪の長さを整えることすら許されない。

「しょーじき、ウマルおじさんだけなんだ」

頭を殴られたような衝撃を受けた。

「みんなみんな、フェイフューのことは、気軽に『でんか』って呼ぶのに。おれに気軽に話しかけてくれるのはおじさんだけだ」

もしもユングヴィがその場に居合わせたら、ソウェイルに無礼をはたらいたと見て、ウマルを斬って捨てようと思ったかもしれない。けれど他ならぬソウェイルがそれを望んでいる。ならば耐えなければならない。場合によっては、感謝すらしなければならないかもしれない。相手はサータム人で、アルヤ王国を不当に占拠していて、双子を殺し合わせようと言い出した、憎い相手のはずなのに――もやもやする。

ソウェイルは、今、蒼宮殿でひとりなのかもしれない。

ユングヴィが口を開こうとした。

それとほぼ同時に、小さな金属の音が聞こえてきた。

しゃらん、しゃらん、と、軽い金属のこすれ合う音がする。

顔を上げて音のするほうを見た。

「ユングヴィ」

二人の人物が近づいてきていた。

ひとりは、アルヤ民族の筒袴《つつばかま》をはき、アルヤ民族の帽子をかぶった、背の高い男であった。緑の上着は緑《みどり》軍の兵士の揃いのものだ。短く整えられた顎《あご》ひげは清潔感があって、細められた目元にだけ小じわが刻まれていた。腰には緑の神剣をさげている。愛想のよさそうな笑みを浮かべてこちらに手を振っている。

もうひとり、背は一緒にやって来た男より低いはずだがやたらと大きく見える男は、独特の衣装を身につけていた。立ち襟で前合わせの上着は黒地の分厚い布でできており、全体に色とりどりの刺繍《ししゆう》が施されている。腰のベルトは革だ。黒い筒袴は裾《すそ》を絞られ、革のブーツに納められている。日に焼けた肌をしていて、胸につくほど長く伸ばされた黒髪はいくつもの細かな三つ編みにされた上でひとつに束ねられていた。背には黒い神剣が背負われている。

音の源は黒い神剣を背負っているほうだった。首回りや腰の革帯に巻きつけるようにしてつけられた銀細工が、男が動くたびに揺れてこすれ合っている。しゃらん、しゃらん、と鳴いている。

最初にやって来た、緑の神剣を腰にさげているほうが、ソウェイルの前でおもむろにひざまずいた。

「遅くなってたいへん申し訳ございませんでした。お初にお目にかかります、北部軍管区守護隊隊長、緑《みどり》将軍アフサリーにございます」

ソウェイルが慌てた様子で立ち上がった。

次の時だ。

ユングヴィは眉間《みけん》にしわを寄せた。

黒い神剣を背負っている男が、突然ソウェイルのほうに向かって手を伸ばしてきたからだ。

彼は許可を得ることなく無遠慮にソウェイルの頭に手を置いた。そして、蒼い髪を搔《か》き混ぜ始めた。

「何だこれ」

ソウェイルが「ひゃあ」と小さく悲鳴を上げた。

「本当に蒼いんだな。何かの比喩《ひゆ》かと思っていた」

緑の神剣の男――アフサリーが、「こら」と男をたしなめた。

「やめなさい、『蒼き太陽』に対してあまりにも無礼ではありませんか」

黒い神剣の男が口元をゆがめ鼻で笑った。

「髪が蒼いだけのガキじゃねーか。お前らアルヤ人は本当にこういうよくわからないものが好きだな」

それから、直接ソウェイルに問い掛ける。

「お前、名前は？」

ソウェイルが、自分の頭をつかんだままの大きな手に自分の小さな手を伸ばして、

「そ、ソウェイル」とどもりながら答えた。

「ソウェイルか。発音しにくい名前だ」

「伝説の英雄王、我らがアルヤ王国初代国王と同じお名前ですよ。将軍になった時勉強したでしょう」

「あー、興味がないから忘れてた」

唖然《あぜん》としていたユングヴィが我に返る。

ソウェイルの肩をつかみ、男から引き離した。男が「お」と呟《つぶや》いた。

「ちょっと、何考えてんの？　相手が『蒼き太陽』だからとか何とか以前にひとの頭をいきなり触るのは失礼でしょ！　あとひとに名乗らせたら自分も名乗れよ」

「それもそうだな」

彼は鼻を鳴らして笑った。

「俺はサヴァシュだ。チュルカ人騎馬隊隊長、黒《くろ》将軍サヴァシュ。北チュルカ平原のイゼカ族の出だ」

そうして、自分を呆然《ぼうぜん》と眺めているソウェイルに対して、こんなことを付け足した。

「ぼけっとしてるな、こいつ」

ユングヴィは頰を引きつらせた。

「ちょっと、アフサリー、なんでアフサリーがこのひと連れてるの」

アフサリーが立ち上がりつつ答える。

「実はですね、北で回収したんですよ」

「かいしゅう？」

「テイムル宛《あて》の手紙にも書きましたが、北部の州都で、チュルカ人同士の喧嘩《けんか》が始まりましてね。いつもの部族間の小競り合いでしたが、アルヤ国領内のことですので、一応裁定に行ったんですよ。そうしたらなぜかサヴァシュがいたものですから」

「なんで？」

サヴァシュはいけしゃあしゃあと「実家に帰ってた」と言った。

「ヒマだったから、妹の子供たちの顔でも見ようかと思って、なんとなく、ぶらっと」

「ヒマだったからってなに？　あんたがいない間に私たちがどんだけ苦労したか知ってる？　せめてもうちょっと申し訳なさそうにしたら？」

ひと息でまくし立ててから、はっとした。サヴァシュが相手だとなぜか何でも言っていい気がしてべらべらとしゃべってしまうが、一番他の将軍たちに苦労をさせたのはソウェイルを隠していたユングヴィだ。

サヴァシュにはどうも文句を言いやすい雰囲気がある。本人が堂々としすぎているせいだろうか。彼には何を言っても基本的に響かない。ユングヴィも彼のそういう性格に甘えているのかもしれない。

アフサリーが「どうどう」と苦笑して手で押さえつけるような仕草をした。

「それでもチュルカ人たちの間で仲立ちをしてくれたのもサヴァシュなんですよ。チュルカ人同士の事情は私にはよくわかりませんからね。ましてチュルカ語ともなればお手上げです、サヴァシュが通訳をしてくれて本当に助かりました」

サヴァシュが「ほら見ろ」と言って得意げな顔をした。彼のこういう仕草のひとつひとつが彼の扱いをぞんざいにさせる。

「とにかく、会えてよかった。帰ってきてまずソウェイル殿下にご挨拶《あいさつ》申し上げねばと思ってお捜ししていたんです」

そこで、ユングヴィはソウェイルを見下ろした。

ソウェイルの蒼い瞳《ひとみ》はまっすぐサヴァシュを見ていた。

サヴァシュも見つめられていることに気がついたらしく、ソウェイルのほうへ目をやった。首飾りがまたしゃらんと鳴る。

「なんだよ」

そんなサヴァシュの問い掛けに、ソウェイルがおそるおそるといった調子で口を開いた。

「チュルカ人って、なに？」

サヴァシュがまた鼻で笑った。

「知らないのか？　フェイフューのほうには説明なしでも通じたぞ」

ソウェイルが目を丸くして黙った。

ユングヴィが焦って「ちょっと」と止めようとしたが、その程度のことで黙るサヴァシュではない。今度はユングヴィのほうを見て「過保護にすると馬鹿になる」と言ってくる。ユングヴィが拳《こぶし》を握り締めたのに気がついたのか、アフサリーが「まあまあ、まあまあ」と手を振った。

「北方の騎馬民族のことです。騎馬というのは、馬に乗って移動する、ということです。もとはアルヤ高原の北にあるチュルカ大平原、砂と草でできたそれはそれは広い平原に住んでいた人々で、一部がアルヤ国内に居ついているんですよ」

「馬に乗って移動？」

「季節によってあちこちに引っ越して、ひとところに留《とど》まることなく生活しているんです。我々アルヤ人は土でできた家に住んでいますが、彼らチュルカ人は身動きを取りやすいように不織布や動物の皮でできた折りたたみ式の家に住んでいるんですよ」

「へえ……」

アフサリーの説明を受けて納得した様子のソウェイルに、ユングヴィが話し掛ける。

「あのねソウェイル、チュルカ人がみんなこんななんだと思わないでよ。チュルカ人にあんまりにも失礼だ」

サヴァシュが頷《うなず》いた。

「そうだな、チュルカの戦士がどいつもこいつも俺みたいないい男というわけじゃない」

「ちょっと黙っててくれる？」

話題を変えようと思ったのか、アフサリーが半ばむりやりに「そうだ」と手を叩《たた》いた。

「そう言えばラームにも会いましたよ」

思わず「いつ?」と訊《たず》ねてしまった。

「サヴァシュも連れて?」

「サヴァシュも連れて、です。つい先ほど、二人に会う直前のことですよ。フェイフュー殿下と一緒にいるのを見つけて声を掛けたんです」

明るい声で言う。

「この子だ! と思って。テイムルから絶世の美少年だと聞いていましたからね」

「テイムルも言ってたの?」

「彼はあれでいてなかなか情緒を解する男ですよね」

「でもそうだよね、ラームくらいの美少年だったら話題になるよね。私もひと目見てわかったもん。可愛いよね、超好き、十神剣《じゅっしんけん》がきらきらし始めた」

そこにサヴァシュが割って入ってきた。

「いくら顔が良くても男だろうが。俺はちやほやしないぞ」

アフサリーが首を横に振る。

「美少年と見たらまず褒めそやすのはアルヤ紳士のたしなみですよ。少年愛はアルヤ浪漫ですからね」

「アルヤ人にはなれそうにないな」

話題が移ろったことで興味を失ったのだろうか、サヴァシュが「用が済んだ」と言い出した。

「じゃ、帰る」

ユングヴィは「おうよ、帰れ帰れ！」とはやし立てた。アフサリーも「お疲れ様でした」と言って止めなかった。

サヴァシュが悠々と歩き始める。また、銀細工のしゃらんしゃらんという音が鳴る。あっと言う間に背中が遠くなっていく。ユングヴィはその背に向かって舌を出した。

「アフサリーはこの後どうするの？」

「とりあえず今夜は自宅に帰りますよ。たまには妻と娘たちと過ごします」

アフサリーはもともとはエスファーナ出身だ。今も妻子をエスファーナに住まわせていて、北部では単身で暮らしているという。西部出身のバハルが東部の黄《き》将軍をしているように、神剣は将軍の出身地を考慮しない。

「しばらくエスファーナにいる？」

「実は妻から三女の縁談がまとまりそうだという手紙を受け取りましてね、この話がひと段落するまではエスファーナにいようかと」

アフサリーは事もなげに語ったが、ユングヴィは衝撃のあまり黙った。

彼の三女はユングヴィよりふたつ年下の十七歳のはずだ。ついこの間同じくユングヴィと同い年の次女が嫁いだばかりだと思っていたのに——

とまで思って、冷静になる。

そもそも、アフサリー自身が十九歳で結婚して二十歳の時に長女を授かったと言っていた。

アフサリーが苦笑した。

「まあ、ひとにはそれぞれ時機があるものです。ユングヴィはユングヴィの速度でいいんですよ」

お見通しだったらしい。ユングヴィはますます沈黙せざるを得なくなった。

自分より年下の少女の縁談がまとまろうとしている。

ソウェイルを預かってからの三年間、ずっと自分の結婚はなくなったものと思っていた。だが、彼を宮殿に返した今、ユングヴィは猛烈に自分の家庭が欲しくなっていた。結婚して自分の家庭を持てばソウェイルのいない寂しさが消えるかもしれない。ソウェイルの代わりを他人に求めるのか、と思うと自分が情けなくなるが、日々、自分はひとりがだめな人間であるということを思い知らされている。

十九歳にしてようやく自分の人生計画と向き合い始めた。

最近、自分が可愛い女の子だったら今からでも夫を持てたかもしれないのに、などとむなしいことを考えてしまう。

アフサリーは「ではまた」と告げて歩き出した。

「近々ベルカナやバハルと飲み会をしようと思っているんです、ユングヴィにも声を掛けますからね」

「あ、うん、楽しみにしてる」

アフサリーの背中も、遠ざかっていく。

ユングヴィは肩の力を抜いて溜息《ためいき》をついた。

「なんだかすごいひとだな」

隣でソウェイルが呟《つぶや》いた。

「誰が？」

「サヴァシュ」

ユングヴィは「あー」とうめいて自分の頭を掻《か》いた。

「ごめんねソウェイル。あの人はいつもあんなんなんだ、まともに相手しなくていいから」

しかし、ソウェイルは首を横に振った。

「キライじゃない。かみが蒼《あお》いとかいってちやほやされるよりはずっとずっとマシだから」

そんな彼の言葉を聞いて、ユングヴィはついつい笑ってしまった。

「チュルカ人は太陽神を信仰してないからね。良くも悪くも畏《おそ》れていないんだね」

「じゃあ、何を信じているんだ？」

「言われてみれば、何だろう。今度機会があったらサヴァシュに聞いてみるよ。機会があれば、だけど」

ソウェイルが頷いた。

「でも、おれ、どうして今までチュルカ人に会ったことがなかったんだろう。サータム人はきゅうでんにいっぱいいるのに、チュルカ人は初めて見た」

ユングヴィも小首を傾げて考える。

「宮殿にはアルヤ人しか勤められないからじゃないかなあ。サータム人はウマル総督が連れてきたからここ三年でたくさん増えたけど、チュルカ人には偉い政治家がいないし」

「え、いないのか。なんで？」

ソウェイルが驚いた顔をする。ユングヴィはソウェイルの疑問に答えるために一生懸命頭の中で言葉を探した。

「確か、ナーヒドが遊牧民は都会人よりひとつ劣った人間なんだと言ってた気がする」

「ひとつ劣った人間かあ」

「でも、私はそんな風には思ったことはないかな。将軍になる前の地下水路《カナート》で暮らしてた時に何人かチュルカ人の仲間がいたんだけど、みんなふつうにやり取りしてた。異民族っていったってアルヤ語さえ通じればなんてこともないよ」

「そうだよなあ、変なの」

それから数日経ったある日のこと、赤軍の施設から自宅に戻ろうと蒼宮殿の東の庭を歩いていた時だ。

人間の気配がしたので振り向いた。

少し後ろにソウェイルが立っていた。

走ってきたらしく赤い頬で荒い息をしている。幼い眉根《まゆね》を寄せ、目には涙を溜《た》めている。

「どうした？」

ユングヴィが問い掛けると、ソウェイルが腕を伸ばしてきた。ユングヴィの服の袖《そで》をつかんだ。

「あの――」

口を開いた途端頬に大粒の涙がこぼれ落ちた。

しばらくの間、ソウェイルは涙を拭《ぬぐ》うこともせずに黙って涙を流し続けた。言葉どころか声すら出てこなかった。歯を食いしばり、斜め下の何もないところをにらんでいる。ユングヴィの服の袖を握り締めた手は、力を込めすぎているのか白くなっていた。

ユングヴィはその場に膝《ひざ》をついた。ソウェイルと目線を近づけようと思ったからだ。膝立ちになると、ユングヴィの目線よりも高い位置にソウェイルの目線がきた。ソウェイルが大きくなってしまったことを痛感する。王妃から預かった時はもっと小さかったはずだ。抱き上げてやりたいが――そしてそれはユングヴィの腕力ではさほど難しいことではなかったが、さすがにこの年になるとためらわれた。

いつまでも自分の腕の中でおとなしくしている幼子であればよかったのに、と、思ってしまう。

「どうした？　何かあった？」

それだけ言って、ユングヴィは待つことにした。ソウェイルを急《せ》かしたくなかった。世界に二人きりだった時のように、いつまでもソウェイルを待っていてやりたかった。

しばらくの間、蒼宮殿の庭を流れるせせらぎの音だけが聞こえていた。

どれくらい待ったことだろう。

「フェイフューが――」

一度言葉を発すると、ソウェイルはしゃくり上げるようになった。

「ナーヒドに剣を習ってるんだって」

「剣を？」

ユングヴィから手を離し、自分自身の服の袖を口元に押し当てて声をこらえながら、ソウェイルが頷《うなず》く。

「すごく好きで楽しいんだって」

「そう……」

それで、と続きを促すことさえユングヴィにはできなかった。それが今のソウェイルとどう関係するのかとか、フェイフューがソウェイルに何らかの無理を強いているなら自分がナーヒドに申し立ててみようかとか、言いたいことはたくさんあったが、すべて呑《の》み込んだ。

また少し間を置いてから、ソウェイルが言う。

「将来はさ、おれのことを守ってくれるんだって」

また、ソウェイルの目から透明な雫《しずく》が伝った。

ユングヴィは困惑した。それの何がそんなにソウェイルを泣かせるのかまったくわからなかったのだ。むしろ、当然のことのように感じた。ソウェイルは王になるのだから、フェイフューには積極的にそうであってほしい。

「ソウェイル……？」

どうやって訊《たず》ねようか言葉を選んでいた、その時だった。

馬のひづめの音と、銀細工が触れ合うしゃらんしゃらんという音が聞こえてきた。

振り向くと、黒い愛馬にまたがってこちらに向かってくるサヴァシュの姿が見えた。

目が合った。

「なにやってんだ、こんなところで」

「サヴァシュこそ」

「ヒマだからザーヤンド川まで散歩してきた」

サヴァシュが顎《あご》でユングヴィの後ろのほうを示した。言われてみれば、この道の先に黒軍《くろ》の厩舎《きゅうしゃ》があった。通り道なのだ。

「サヴァシュって、戦争がないと本当に何にもすることないんだね」

「ああ。退屈で死にそうだ。アルヤ人に飼い殺される」

サヴァシュの視線が下におりた。ユングヴィは嫌な予感がした。サヴァシュの視界にソウェイルが入ってしまう。

「なんだ、泣いてるのか？」

ソウェイルの肩が大きく震えた。涙も一度止まった。

「外でびーびー泣くな。強くなれないぞ」

ユングヴィはサヴァシュをにらんだ。余計なことを言われた。しかも相手はサヴァシュだ。このままではソウェイルがおもちゃにされてしまう。

サヴァシュが馬をおりて、ソウェイルのすぐそばに立った。黒い瞳《ひとみ》がソウェイルを見下ろす。

「なに泣いてるんだ。喧嘩《けんか》にでも負けたか？」

ユングヴィが「あのねサヴァシュ」と言い掛けると、サヴァシュの目が一瞬ユングヴィを見た。

「お前は黙ってろ」

「は？」

「俺はソウェイルに訊《き》いているんだ。お前がしゃべるな」

あまりの物言いに唖然《あぜん》としているユングヴィをよそに、ソウェイルがしゃべり出した。

「フェイフューが、ナーヒドに剣を習ってて、すごく得意になってて――」

ところどころしゃくり上げながらだったが、彼はユングヴィに説明できたところまでは自分でサヴァシュに説明した。

「どーやら、将来は、おれのこと、守ってくれるらしい」

「あー、余計なお世話だな」

ユングヴィは目を丸くした。

しかし、サヴァシュの言葉にソウェイルは三度も頷いた。

「ナーヒドの奴どうやってしつけたんだろうな？　何なんだろうな、あの鋼のような自尊心は」

「えっ、サヴァシュ、今ので何がわかったの？」

「でも今のままだと仕方がないだろ、どう見てもお前よりフェイフューのほうが強そうだ。屈辱的だろうがな」

そこまで聞いて、ユングヴィはようやく悟った。

つまり、ソウェイルはフェイフューに武術による強さを振りかざされて威圧されてきたのだ。

サヴァシュの目には、ユングヴィにはわからない男児の力関係の世界が見えている。

「お前は今のままだと負ける」

サヴァシュはそう言い切った。ユングヴィは胸が冷えるのを覚えたし、ソウェイルも眉間《みけん》にしわを寄せた。だが、サヴァシュはそこで言葉を切ることはしなかった。

「お前がフェイフューより勝っているところって、髪の色が珍しいこと以外に何かあるか？」

ソウェイルがまた、今度は堂々と嗚咽《おえつ》を漏らして泣き始めた。

急いでソウェイルの肩を抱き締めた。

「なんてこと言うんだよ」

ところが、だった。

他でもなくソウェイルが、そんなユングヴィの手を振り払った。

驚いて黙ったユングヴィを放って、ソウェイルがサヴァシュに歩み寄る。

「サヴァシュは強いのか？」

サヴァシュは顔色ひとつ変えずに「ああ」と答えた。

「十神剣で一番な」

「どうしたらおれも強くなれる？」

「強さなんてものは一言で言って説明できるものではないが、まあ、剣術だったらとりあえずがむしゃらに稽古《けいこ》を続けて鍛えた。まずは基礎的な体操から、それから素振り」

「おれ、剣を持ったこともない」

「教えてやろうか」

予想外の展開だ。

「サヴァシュなに言ってんの」

「ヒマだからな」

ユングヴィは目に怒りを込めて問い詰めたが、事もなげな答えが返ってきた。

「馬を置いてくる。そこで待ってろ」

「しかも今？」

「善は急げって言うだろ。俺の気が変わらないうちに始めるぞ」

戸惑って意味もなく手を振るユングヴィには目もくれず、ソウェイルが「わかった」と首を縦に振った。

「俺が戻ってくるまでには泣き止んでおけよ」

「だからサヴァシュ、もうちょっと言葉を選んでよ」

「泣くこと自体は悪いことじゃない。それだけ悔しかったってことだろ。俺だってガキの頃はさんざん泣いた。でもそれをひとに見せるな、ひとりで食いしばって嚙《か》み締めろ。強くなるというのは、そういうことだ」

ソウェイルが頷いて自分の涙を拭《ぬぐ》った。


本当に剣術の稽古が始まってしまった。

ユングヴィは、宮殿の回廊の端に座り込み、ただ呆然《ぼうぜん》とソウェイルとサヴァシュの様子を眺めていた。

どこにあったのだろうか、サヴァシュは木刀を二本持ってきた。一本はソウェイル用の子供向け、もう一本は自分用の大人向けらしかった。

短いほうをソウェイルに持たせる。

一度手本として自ら構えて見せてから、ソウェイルに「構えてみろ」と言う。

ソウェイルが真剣な顔で真似をする。

ソウェイルのすぐそばに膝《ひざ》をつき、ソウェイルの肩をつかんで後ろに引いて、「体幹が甘いな」と呟《つぶや》く。

「顎を引いて背中を伸ばせ」

「うん」

ソウェイルが素直に従う。木刀を構えたまま、わずかに反らすように背筋を正した。

見ていることの他に何にもすることがないユングヴィは、特に何ということもなく靴を脱いで小川に足を突っ込んだ。ソウェイルにもサヴァシュにも何も言われなかった。二人ともユングヴィが何をしているかに興味が湧かないほど夢中になっているらしい。

「わー、私今すごい保護者って感じする」

ユングヴィのそんな呟きは独り言になった。

サヴァシュが木刀を構える。右手を前に突き出し、左手は逆手で柄《つか》に添えている。

ユングヴィからすると斜めに見えた。違和感がある。

けれど、ソウェイルは何も言わずにそれを真似た。間近で剣を持つ人を見たことのないソウェイルにはこの違和感がわからないのかもしれない。

二人があまりにも真剣なので、ユングヴィは口を出すのもやめることにした。ただ黙って見守る。

サヴァシュが木刀を振りかぶって斜めに振り下ろした。その切っ先の動きはまっすぐで一切のぶれがない。切り裂かれた空気が風となり唸《うな》り声を上げる。サヴァシュは何気なくしたことだろうが、ユングヴィはその揺れのなさに感嘆の息を漏らした。

ソウェイルが同じように木刀を振ろうとした。持ち上げるだけでせいいっぱいのようだ。切っ先の軌道が何とも頼りない。

「あー、だめだ」

サヴァシュがソウェイルの木刀の先をつかむと、木刀がまったく動かなくなってしまった。ソウェイルが力を入れて下ろそうとしているのもわかるが、サヴァシュの手はびくともしない。

「まずは筋肉をつけるところからだな。腕の力がなさすぎる」

「剣は教えてくれないのか？」

「教えてやる、その稽古の一環だからな、忘れるなよ。まずは体ができていないと何にもできない」

サヴァシュがそのまま木刀を上に引き抜いた。いとも簡単に引っこ抜けてしまった。

ソウェイルが眉尻《まゆじり》を垂れて唇を尖《とが》らせる。

「握力をつけろ。このままだと刃と刃がかち合った瞬間お前の剣が弾《はじ》け飛ぶ」

「どうやったらつく？」

「握って、開いて」

「それだけ？」

「とりあえず一度に百回、それを三度は繰り返せ」

手を握ったり開いたりするサヴァシュの手を見て、ソウェイルも自分の指を動かし始めた。十回もすれば「つかれた」と呟き始める。サヴァシュがソウェイルの尻を叩《たた》く。

「――殿下。ソウェイル殿下！」

遠くからソウェイルを呼ぶ声が聞こえてきた。この声はテイムルだろう。ソウェイルが肩をすくめた。

「どうしよう、呼んでる」

「行ってこい」

ソウェイルは一度悲しそうな目をしたが、サヴァシュが「待っていてやるから」と言うと頷《うなず》いた。

「ただし、テイムルに俺から剣を習い始めたなんて言うなよ」

「どうして？」

ユングヴィは、テイムルからしたらソウェイルに武芸のような危ないことはさせたくないだろう、と言おうとしたのだが――

「アルヤ流の正統な剣術がどうこうとか言い出すからに決まってるだろ。俺が教えてやれるのはチュルカ流だけだからな」

納得した。サヴァシュが使うチュルカ流の剣術と自分がかつて習ったアルヤ流の剣術が別ものなのだ。だから構え方も違う。違和感の正体はそれだ。

「わかった、ナイショにする」

ソウェイルはすぐに頷いた。

「お前もアルヤ流がいいならある程度でテイムルかナーヒドに習い始めたほうがいいぞ」

「いやだ。サヴァシュがいい」

「なら付き合ってやる」

「やった」

ソウェイルが念押しして「約束だからな」と言うと、サヴァシュも「ああ、約束だ」と答えた。

「ありがとう！」

ソウェイルが宮殿の内部のほうへ向かって駆け出す。その背中を見守る。ユングヴィのほうは見向きもしなかった。

「……ありがとう」

だが、ユングヴィは嬉《うれ》しかった。

ここのところ、三年間自分がソウェイルを家に閉じ込めていたせいで彼の成長が遅れてしまったのではないか、と悩んでいた。彼にはもっと外部の人間との交流が必要だったのではないか、それがなかったからフェイフューと比べて幼いのではないか、と心配していたのだ。

ようやく、ソウェイルの世界が良い形で外に広がり始めた。

寂しくなくもない。けれど、ソウェイルが他人としゃべることによって社交性という新たな特性を身につけてくれるのなら、そのほうがいい。

立ち上がってサヴァシュにまっすぐ向き合った。

三年前のことを思い出す。エスファーナ陥落の時のことだ。

あの時、サヴァシュは黒軍を引き連れて独断で西部戦線を離脱しエスファーナに戻ってきた。

もしもサヴァシュがそうしなかったら、エスファーナは復興にもっと時間がかかっていたことだろう。自分も、何よりソウェイルも、ここにはいられなかったかもしれない。

普段がだらしないのであまり認めたくはないが、こいつは、悪い奴ではないのだ。

「サヴァシュ、子供、好きなんだね」

サヴァシュが「ああ」と答えた。

「ちょっと意外だけど。結構子供の面倒を見たりするの？」

「いや、平原にいる時だけだな。ここじゃそもそもカノぐらいしか知り合いの子供がいない」

「平原にいる時は子供と遊んだりするんだ？」

「ああ、甥《おい》と姪《めい》がやたらいる」

次の時、ユングヴィは眉間《みけん》にしわを寄せた。

「俺自身もう二十七だし、いい加減ガキの一人や二人いてもいいのにな。俺の子供って今どこにどれくらいいるんだろうな」

「ちょっと待って、なにそれどういう意味？　サヴァシュって独身じゃない？」

「さんざん種まきしてきたんだからそろそろ隠し子が出てきてもおかしくないと思うんだが、誰にも何にも言われない。アルヤ女は俺なんかと子育てしたくないとみた」

前言撤回だ。やはり悪い奴だ。

「サイテー！　やっぱりソウェイルに近づかないでくれる⁉」

「なんでだよ、ソウェイルは男だろ」

結局、ユングヴィは「そういう問題じゃない！」と怒鳴ってサヴァシュから距離を取った。


腰を低く落とす。

向かって右をにらみつける。

木刀を薙《な》ぐ。空気を裂く。

手首を動かさず肘《ひじ》を引く。切っ先が止まる。

サヴァシュの目の前には、今、サヴァシュだけに見える何かが存在している。そして、彼は、今、それを確実に切り分けている。

彼の切れ長の目は相手をしかと捉《とら》えてけして離さない。

いつもの、銀細工がこすれ合う時の音はしなかった。サヴァシュの身につけているチュルカ風の装飾品が、今ばかりは、まったく動かない。下半身がぶれていない証拠だ。上半身のばねだけで動いているのだ。

切っ先がまっすぐ斜め上に持ち上がる。見えない敵の腕を切り落とす。

そのまま手首を返して首を狙う。喉《のど》が裂けた——ような気がした。

目はなおも敵をにらみ続けている。

ゆるぎない強さを感じる。堂々とした、何にも恥じることのない、伸ばした背筋そのままの強さだ。

首が左を向いた。首周りの金属が揺れてようやくしゃらんと鳴った。

次に大きく右上から左下に木刀を振った時にも、もう一度上下して小さな音を立てた。だが、連続して騒ぐようなことはない。楽器のようにひとつずつ音を奏でている。

ユングヴィは、そんなサヴァシュの様子を眺めて、ひとつ、深い溜息《ためいき》をついた。

完璧《かんぺき》だと思った。胸を張った立ち姿、ぶれのない動作のひとつひとつ、視線の動かし方まで、何もかもが美しい。サヴァシュの容姿を美男子だと思ったことはないが、彼のこういった力強い動作は何度見ても綺麗《きれい》だ。

「——なんだよ」

サヴァシュの黒い瞳《ひとみ》がユングヴィを捉えた。

「あ、気にしないで。見てるだけだから」

「見惚《みと》れたか？」

口に出すと調子に乗るので絶対に言わない。

サヴァシュが肩の力を抜く。木刀を担ぐように肩の上へのせる。もう終わりだ。つまらない。

「丁寧だなあ、とは思った」

「基礎中の基礎、基本中の基本だろ」

また自慢話が始まるのかと思いきや、彼は真面目なことを言った。

「俺は基本どおりのことしかしない」

武術に関しては謙虚らしい。こういう姿勢も、つい、見直してしまう要素だ。

「いや、でも、基本がしっかりしてなきゃ次にいけないでしょ。私も先の戦争の前には副長とかテイムルとかにちゃんと習ってたのに、向いてないやと思って途中から体術ばっかりになっちゃった」

「ああ。基本がしっかりしていないとひとに教えられないしな」

ユングヴィは大きく頷いた。

ここ数日、サヴァシュは毎朝欠かすことなくソウェイルに剣術の稽古《けいこ》をつけている。意外にも、一切ふざけたり茶化したりすることなく、昼食の時間になるまで真剣に、ソウェイルと向き合い続けている。

ソウェイルのほうもサヴァシュの教えを素直に吸収し続けていた。もともとひとに従順なところのある子だったが、サヴァシュに対しても反発する様子はない。むしろ積極的に教えを乞《こ》うている。

ユングヴィは嬉しかった。

ソウェイルが誰かと交流しながら運動しているところを見られる。ソウェイルにやっと人並みの生活をさせてあげられるようになったのだ。

それもこれも、サヴァシュのおかげだ。

「私、ほんと、だめ。ひとに何かを教えるっていうのが向いてない。基礎がぐだぐだだからだな」

「それでもそれだけ動けるということは、感性というやつがいいんだろ。筋はいい。芯《しん》の部分を矯正してやればもっと強くなれるはずだ」

最初はあのサヴァシュにソウェイルを預けて大丈夫なのかと心配していたものだが、今となっては、このサヴァシュだからこそ安心して託すことができると思える。

「強く、なれる、かな。私、もっともっと、強くなれるかなあ」

サヴァシュが右手だけで木刀を掲げるように持った。木刀と右腕が一直線になる。伸びた筋肉が美しい。

「お前にも教えてやろうか」

ユングヴィは目を細めてサヴァシュを眺めた。

「うん、私も、ソウェイルと一緒に習おうかなあ」

「ソウェイルと一緒に、か。それも悪くないな」

「ね。なんか、いいよね。なんだかよくわからないけど、いいな。私、今、すごい楽しい」

とても、充実している。安心して前に進むことができる。

しかし、そこで、サヴァシュがふと、息を漏らした。

「今日、あいつ、遅くないか」

言われて初めて気がついた。

「あれ、そう言えば。寝坊でもしたのかな、珍しい」

木刀を、下ろす。

「迎えに行くか」

サヴァシュはユングヴィの反応を待たなかった。踵《きびす》を返してひとり歩き始めた。おそらく王族の居室としてソウェイルとフェイフューに割り当てられた北の棟を目指しているのだろう。もともとは後宮《ハレム》の中の第一王妃——双子の実母——の間として使われていた空間だ。現在は女性が一人もいないので臣下の人間も条件が整えば入れるが、堂々と入ろうとする男はめったにいない。サヴァシュには蒼宮殿に対する畏《おそ》れが足りない。

サヴァシュの背中を見た途端、ユングヴィは言い表しようのない不安に襲われた。

普段はあまり他人に干渉しないサヴァシュが気にかけている、ということが緊急事態を示しているように思われたのだ。

慌てて彼を追い掛けた。サヴァシュは一度ユングヴィを横目で見ただけで何も言わなかった。

嫌な予感がした。おかしな汗をかく。

ソウェイルに何かあったらどうしよう。

ウマル総督が使っている王の居住区と後宮《ハレム》をつなぐ回廊へたどりついた時だ。

こちらへ向かって小走りで近づいてくる蒼《あお》い影があった。

ソウェイルだ。

フェイフューの服を借りているのだろうか、武官向けを小さくしたような動きやすそうな衣装を着て、袖《そで》や筒袴《つつばかま》の裾《すそ》を折ってめくり上げていた。髪も首の後ろでひとつにまとめている。

ユングヴィは一瞬頬を緩めた。いつもと違う恰好《かっこう》をしていて遅くなったのだろう。

そんなユングヴィの視界の隅に、黒い何かが映った。

柱と柱の間を、黒い何かが音もなく走っている。

何なのかわからなかった。あまりにも速かったし、あまりにも静かだった。

黒いかたまりが柱の陰を移動している。

黒いかたまりから生えた腕が、ソウェイルの背中に伸ばされた。

ユングヴィは目を見開いた。

ソウェイルの襟首がつかまれた段階になってようやく、黒いかたまりの輪郭を見て取れた。

黒い衣装を着た男たちだ。黒い貫頭衣《カンドゥーラ》を身につけ、黒いクーフィーヤをかぶり、黒い布の靴を履いている男たちが四人、ソウェイルを囲もうとしている。

後ろから襟をつかまれたソウェイルは、その場でのけぞった。驚いた顔をして自らの服の襟で絞まる首に手をかけた。

ソウェイルが顔を上げた。蒼い目を丸くしている。そのままその場に座り込む。

何が起ころうとしているのか、場慣れしているはずのユングヴィにもすぐには認識できなかった。ましてソウェイルならなおさらだ。

ソウェイルを囲む男たちが腰の剣を抜いた。

刃《やいば》が日光を弾《はじ》いてひらめいた。

サヴァシュの声が響いた。

「走れ！」

彼が大きな声を出したのはいったいどれくらいぶりのことだろうか。

目が覚めた。

このままではソウェイルが斬られる。

ユングヴィは走り出した。

サヴァシュとユングヴィに気がついたらしく、男たちが一瞬動きを止めた。

その隙をついて、ユングヴィはソウェイルの襟をつかんでいた男に横から体当たりをした。

男が倒れる。ソウェイルが解放される。

けれどソウェイルは呆然《ぼうぜん》としたまま動こうとしない。

別の男がユングヴィに斬りかかってきた。

ユングヴィは背に負っていた赤い神剣を鞘《さや》ごと革の帯から引き抜いて横に構えた。鞘から抜く手間さえ惜しい。

神剣の鞘と男の剣がかち合う。金属の音が響く。

次の時、男の首が飛んだ。

闇を凝縮したような漆黒の刃が、男の血液を撒《ま》き散らしながら宙を舞っている。サヴァシュの――黒将軍の神剣だ。

首を失ってもなお立ったままの男の手から、剣が落ちた。やがて胴も崩れ落ち、ソウェイルの目の前に倒れた。ソウェイルの蒼ざめた頬に赤い血液がはねた。

今度はユングヴィがソウェイルに腕を伸ばす。左腕でソウェイルを強く抱き締める。

右手で赤い神剣の柄《つか》を握り締め、左手で鞘を外す。そして、鞘を地面に放り投げ、ソウェイルを抱え直す。

三人目の男が向かってきた。刃をまっすぐ上から下へ振り下ろそうとする。それを赤い神剣の刃で受け止める。横に払って流す。

男はすぐに剣を返した。男の剣と赤い神剣がふたたびぶつかった。

押される。重い。ソウェイルを抱えているせいで満足に動けない。普段なら蹴《け》り飛ばしてなんとかするのにと奥歯を噛《か》み締める。

最後のひとりが襲ってくることはなかった。

最後のひとりは黒い神剣に屠《ほふ》られていた。

サヴァシュが黒い神剣を水平に薙《な》ぐ。男の剣が払われる。

返す刃で男の手首を切り裂く。

剣が落ちかけたところで、黒い切っ先で弾き飛ばす。

地面に男の剣が突き刺さるか否かのところで大きく一歩を踏み込む。黒い神剣が斜めに男の肩を捉《とら》える。刃が食い込む。

サヴァシュの銀細工が、しゃらん、しゃらんと鳴る。まるで狙ったかのように一定の拍を奏でる。舞を舞っているように聞こえる。

肩に食い込んだ刃がそのまま急な角度で斜めに持ち上がった。男の首の根元に食い込んだ。男の首元が裂けた。

刃を引く。赤い噴水が上がる。

引き抜かれた黒い神剣は勢いを保ったままこちらのほうへ動いた。

そしてユングヴィと向き合っていた男の背中を撫《な》で斬りした。

男がユングヴィとソウェイルのほうに向かって倒れた。ユングヴィはソウェイルを抱き締めたまま一歩引いた。

視界の端に、最初に突き飛ばした男が映った。起き上がって剣を構え直そうとしている。

今度こそソウェイルに触れさせない。

ソウェイルを離した。

神剣を地面と水平にした状態で一歩大きく跳ぶ。

男の胸に赤い神剣が突き刺さった。

右に動かした。布が裂けて皮膚の断面が空気に晒《さら》される。骨の当たる固い感触が手に伝わってきた。

男の腹に足をかけて神剣を引き抜こうとした。男の体を踏みつけるように蹴って地面に叩《たた》きつけた。絡みつく肉は重かったが、そのうち血に濡《ぬ》れた紅蓮《ぐれん》の刃が肉から引き抜かれてふたたび姿を見せた。

黒いクーフィーヤの男たちは、全員沈黙した。

いてもたってもいられなくなり、ユングヴィは神剣を左手で握ったままもう一度ソウェイルを抱き締めた。

ソウェイルの体は小刻みに震えている。肩が強張《こわば》っている。

「怖かったね……！」

ソウェイルの耳に頬を寄せた。

温かい――その事実がとてつもなく愛《いと》しい。

この子が、生きている。

「びっくりしたね、嫌な思いをしたね」

サヴァシュを追い掛けてきて正解だった。間に合ってよかった。もしも少しでも遅れていたら、ソウェイルは殺されていたかもしれない。

いつまで経ってもソウェイルの肩から緊張が解ける気配はない。

こんな恐ろしいことがあるものかと、ユングヴィは思った。宮殿の中でソウェイルの命が狙われることなど考えもしなかった。なぜ考えなかったのだろう。自分はいつもどこかで甘い。

ユングヴィがいくら力を込めて抱き締めても、ソウェイルは何も言葉を発しなかった。泣くことすら忘れたようだった。ただただ震えている。

まぶたをきつく閉ざした。

ソウェイルを傷つけるすべてのものが憎いと思った。ソウェイルにこんな思いをさせるすべての存在を斬り刻んでしまいたい。

この子に刃を向ける者すべてがユングヴィの敵だ。

「殺したな?」

声に気づいて首だけで振り向く。

斜め後ろで、サヴァシュが黒い神剣を血に濡れたまま鞘に納めている。

「当然でしょ、ソウェイルにこんなことして生かして逃がすものか」

「ひとりは生け捕りにして誰の差し金か確認しろ」

「あっ」

そんな基本的なことも忘れていた。ソウェイルに手を上げられると頭の中から何もかもが吹っ飛んでしまう。そういう拷問こそ赤軍の仕事だ。サヴァシュに指摘されて恥ずかしさが込み上げてきた。

やっと頭に血が上っていたことを認識した。

とりあえず、危機は去ったのだ。冷静になるべきだ。

あたりに四人分、クーフィーヤをかぶった死体が転がっている。

「何事だい?」

後ろから声を掛けられた。

振り向くと、白いクーフィーヤに白い貫頭衣《カンドゥーラ》の男たちが歩み寄ってきていた。

先頭を歩いているのは総督ウマルだ。

ユングヴィはウマルをにらみつけた。

クーフィーヤに貫頭衣《カンドゥーラ》――砂漠のサータム人の民族衣装だ。

ソウェイルを背後に押しやった。両手で神剣を構え直す。

込み上げてくる怒りに全身を焼かれそうになる。

冷静になることなど無理だ。耐えられない。

ナーヒドの言葉が脳裏に甦《よみがえ》る。

サータム帝国は悪の国家で、サータム人は悪の民族だ。

「殺してやる」

ソウェイルの手がユングヴィの服の背中をつかむ。

自分が戦わなければという思いがよりいっそう強くなるのを感じた。自分がこの子を守るのだ。

「絶対に許さない！」

ソウェイルを振り切って一歩を大きく踏み出した。

サータム人の護衛たちも剣を抜いて構える。

しかし、ユングヴィと護衛たちの刃がぶつかり合うことはなかった。

銀細工の鳴るしゃらんという音が響いて、ユングヴィの前に黒い衣装の袖《そで》が伸びてきた。

サヴァシュの腕だ。

腹がサヴァシュの腕にぶつかった。

サヴァシュに止められたのだ。

「何するんだよっ」

サヴァシュが半身をユングヴィの前に出した。足がサヴァシュの足に絡む。

「まあ、待て」

「待てるか！　ソウェイルが殺されるかもしれないっていうのに」

「殺させない」

サヴァシュの顔を見た。彼は横目でユングヴィを見ていた。目と目が合う。

「俺がいる」

一瞬、ユングヴィは動きを止めた。サヴァシュのその言葉がすんなりと耳に入ってきたからだ。

サヴァシュが自分の代わりに戦ってくれるのだろうか。それなら彼に任せて自分はソウェイルの相手に専念しようか。

ソウェイルはきっと深く傷ついている。一刻も早くなだめてあげないといけない。

自分がそうしてソウェイルに構っている間のことを、サヴァシュに委《ゆだ》ねてしまおうか。

考えたのも束の間だ。

サヴァシュが何をどこまでしてくれるのかわからなかったし、サータム人をこの手で斬りたかった。

サヴァシュをにらみつけつつ、手の甲で彼を押し退けようとした。彼は微動だにしなかった。

「待ちたまえ」

ウマルが言う。

「話をしよう」

「聞きたくない」

ユングヴィは怒鳴った。

サータム帝国の手先に耳を傾ける必要などない。彼奴《きやっ》らは悪魔だ。アルヤ王国を滅亡に追いやった連中だ。

「誤解があるようだ、私もこの状況が何なのか知りたい」

「黙れ、あんたなんか信用できない」

「お願いだ、ユングヴィ。君からしたらサータム人はすべて同じに見えるのかもしれないが、私は君たちの味方だ。少し話をさせてくれないか」

「誰があんたと――」

「落ち着け」

サヴァシュに耳元でささやかれた。思わず「ぎゃあっ」と叫んで一歩下がってしまった。背中がソウェイルに衝突した。

「何やら事情がありそうだな」

下がったユングヴィに代わってサヴァシュがさらに一歩前に出る。彼がユングヴィとウマルの間に入る形となる。

ウマルが「おお」と頬を緩めた。声の調子が何となく明るくなった気がした。ユングヴィはその声を聞いてさらに苛立《いらだ》った。

「サヴァシュ、君が間に入ってくれるとは、実に頼もしいぞ」

「勘違いするな。話の内容次第では俺があんたを斬る」

ウマルは両手を上げて手の平を見せた。

「俺もこれがどういう状況か知りたい。釈明できることがあるならしてみろ。全部聞いてから考える」

「君は冷静な男だ」

「そういう御託はいい。こいつがいつまでおとなしくしているかもわからない。早くしろ」

　ユングヴィはサヴァシュに顎《あご》で指されて眉間《みけん》にしわを寄せたが、とりあえず神剣を下ろした。サヴァシュこそユングヴィが敵《かな》う相手ではない。ソウェイルが命を狙われるに至った経緯を知りたいとも考え始めた。刺客は全員殺してしまったのだ。黒幕だと思われるウマルに吐かせるしかない。

　ユングヴィが神剣を下ろしたのを見たからか、護衛たちも剣を下ろした。あたりが静かになった。

　ややして、ウマルが口を開いた。

「これは私の指示ではない。私の意に反して行われたことだ」

「これ、というのは？」

「ソウェイルの暗殺を命じたことは一度たりともない。むしろ私はソウェイルとフェイフューを守るために本国へはたらきかけている人間だ。このような愚かで野蛮な真似はけして許さない」

　たたみかけるように「誓って言う」と断言する。

「考えてみたまえ。私の目指すところはアルヤ人民が神として戴《いただ》く太陽を傀儡《かいらい》政権とした新アルヤ王国を樹立することだ。大事な太陽を殺してしまっては我々にとっても損害だ。蓄積が無に帰す。そのようなことを私がするだろうか」

少し間を置いてからサヴァシュが「それもそうだな」と呟《つぶや》く。ウマルが「そうだろう」と頷《うなず》く。

「じゃあ誰の差し金だと？」

「調査させておくれ」

「あんたにか」

「繰り返すが、これは私にとっても不本意な事件だ。このようなことを見過ごすわけにはいかない」

彼はそこでひとつ溜息《ためいき》をついた。

「何も利だけの話ではない。これは私自身の威信をかけた話でもあるのだ」

「と、いうと？」

「私は神に誓った、ソウェイルとフェイフューが成人していずれが王となるか決めるために自ら戦う日が来るまで待つ、と。二人の成長を見守ることは今や私の使命なのだ。それを妨害せんとする者があるなら、何としてでも除かねばならない。他ならぬ、私がないがしろにされているのだ」

そこまで聞いて、サヴァシュは腕を下ろした。息を吐いてひとり腕組みをし、「そうか」とこぼした。

「そこまで言うなら、な」

　ユングヴィはサヴァシュの腕をつかんだ。

「ちょっとサヴァシュ、なんでそこで許すの」

「許したわけじゃない、ただ調べ終えるのを待ってやろうと思っただけだ。ここまで言うんなら絶対徹底的に調べ上げるはずだ。こんなにこけにされて黙っていられる奴はいないからな」

「そんな、それじゃ意地の問題みたいじゃないか」

「意地の問題だ」

　サヴァシュはウマルに「そうだろう？」と問い掛けた。ウマルは声を上げて笑ってから「そのとおりだ」と答えた。

「私は私の意地をかけてこの件を償わせなければなるまい」

「その言葉、信じるぞ」

「君には感謝する」

　ウマルとサヴァシュの緊張は解けてしまったようだ。二人の間でユングヴィには理解できない合意があったらしい。納得がいかなかったが、影響は受けて戦う気は失《う》せた。

「サータム帝国は一枚岩ではない。それをアルヤ属州側のひとびとに知られてしまうのは悔しいが、今はそう思っていただくほかない。アルヤ属州のことは私に一任されたのに、それを快く思っていない輩《やから》がいる。何人か心当たりがある、そのへんに当たらせてほしい」

ユングヴィはふと呟いてしまった。

「サータム人同士でも仲が悪いのはいるんだな」

ウマルはそれを律儀に拾ってまた大きく頷いた。

「皆が太陽の下で一致団結しているアルヤ民族とは事情が異なるのだよ」

そう聞くと、ユングヴィも少し気持ちが鎮まるのを感じる。異民族もアルヤ民族がみんなソウェイルの下でひとつにまとまっていることを知っているというのは嬉《うれ》しい。

不意にウマルが床に膝《ひざ》をついた。急なことだったので驚いた。

ウマルの目は、ユングヴィの後ろにいるソウェイルを見ていた。

「やあ、ソウェイル。大丈夫だったかい」

振り向いた。ソウェイルがユングヴィの後ろに身を隠した。

ソウェイルはユングヴィの後ろに身を隠した。

ウマルは苦笑した。

「嫌われてしまったのかね。残念だ。だがおじさんはずっと君の味方だ」

ソウェイルはなおも答えない。

少しの間待ってから、ウマルは立ち上がった。

「それにしても、サヴァシュ、少し意外だ」

サヴァシュが「何がだ」と応じる。

「君が太陽のために戦うとはね。君はアルヤ民族の太陽を信仰しているわけではない、アルヤ王に忠誠を誓っているわけではない、と聞いていた」

彼はすぐさま答えた。

「そのとおりだ。王子とか太陽とか、俺には関係ない」

「ほう」

「俺はチュルカの戦士の魂以外の何物にも従わない。アルヤ人だろうがサータム人だろうが、俺にはどうでもいいことだ。だが、九歳の子供が大人に囲まれて嬲《なぶ》り殺されるのを黙って見過ごすのはチュルカの戦士の魂に反する」

「いい、実にいい男だ」

ウマルが目を細めた。

「実のところ君には共感を覚える」

「なんだ、気色悪い。おっさんにそんなことを言われても俺はこれっぽっちも嬉しくない」

「サータム人も元をたどれば遊牧戦士で、らくだを駆って砂漠を渡り歩く習慣があった。私自身も元は軍人でね、祖先に倣って戦士をやっているつもりであった」

「それこそ俺には関係ないな」

「そうつれないことは言わないでおくれ」

そして朗らかに笑った。

「君とは一度、一対一で深い話をさせていただきたいと思っていた。今度食事でもどうだね」

「言いたいことがあるなら今ここで言え」

「いいのかね」

ウマルの目が、一瞬、ユングヴィを見た。

「他の将軍に聞かせる話ではない。君個人と話がしたい」

サヴァシュははっきりと答えた。

「断る。他の誰かに聞かれたくない内緒話は好きじゃない。こそこそするのは俺の性分に合わない」

「そうか」

「もう一度言う。今ここで言え。今ここで言えないことなら二度と俺の前で話そうとするな」

「わかった」

ウマルが一歩、サヴァシュに近づいた。サヴァシュはやはり、動かなかった。

「君を引き抜きたい。サータム帝国に来ないか」

ユングヴィは驚いてサヴァシュの顔を見た。彼はまっすぐにウマルの顔を見つめていた。

「アルヤ最強程度でとどまっていていいのかい？　大陸最強を目指さないか。帝国は君にそれなりの地位と舞台を用意することができる。帝国であれば君も存分に力を発揮できるだろう」

サヴァシュの顔からは表情が読み取れなかった。何を考えているのだろう。わからない。

「君は非常に優秀な戦士だ。このまま埋もれてしまうのは惜しい。こちら側に来たまえ」

ウマルが歌うように語り続ける。

「帝国軍にはチュルカ人が大勢いる。役職を得て活躍している者も数え切れないほどだ。アルヤ軍の黒軍の比ではない。それに皆出自にかかわらず平等な報酬を得ている。チュルカ人だからと言ってアルヤ人の風下に置かれることはないのだ」

「帝国に、か」

サヴァシュが呟《つぶや》く。ユングヴィの背筋が凍りつく。

「君はもっと評価されるべきだ。サータム帝国に来て正当な評価を受けたまえ。帝国は君に破格の待遇を用意する。帝国は実績も才能もある君にいくらでも投資をする」

少しのあいだ、間があった。

それが、とても、怖かった。

「……考えておく」

ウマルがひげの下で唇の端を持ち上げて頷《うなず》いた。

「よろしく頼むよ」

嫌だった。サヴァシュにはアルヤ王国の将軍でいてほしかった。けれど、それを口にする勇気はユングヴィにはない。

サヴァシュはアルヤ人ではない。今なお心はチュルカ平原にあるらしい。しかも今のアルヤ国はサータムの属国で、他の国と自由に外交ができない分かえって戦争をする機会はなさそうだ。ここよりもっと活躍できる場があるのだと考えたら、そちらに動いてしまわないだろうか。

そうなった時、ユングヴィは引き留めるすべを知らない。ユングヴィも彼のことをよく知っているわけではなかった。

ウマルが「ではね」と言って一歩下がった。

「さっそく調査に移ることにしよう。時間が惜しい。申し訳ないがここで失礼する。

片づけは配下の者たちにさせるので気にしなくていい」

次の時、サータム語で周囲の護衛たちに何かを告げた。おそらく片づけを命じたのだろう。護衛たちが動き出して転がっている死体に手を伸ばした。

「いい返事を期待している」

ウマルが踵《きびす》を返して歩き出す。

その背中を、サヴァシュが見送る。

さらにそのサヴァシュの背中を見ていたユングヴィは、次の行動に迷った。彼に何か言おうと思ったが、何も浮かばなかった。こういう時はいったいどうしたらいいのだろう。

そんなユングヴィの背後から、蒼《あお》い影が飛び出してきた。

ソウェイルの手が、今度はサヴァシュの背中をつかんだ。

サヴァシュが振り向く。

特別怖い顔をしているわけではない。いつもどおりの顔でソウェイルを見下ろしている。

ユングヴィはそれに安堵《あんど》した。

「サヴァシュ、帝国に行っちゃうのか？」

ソウェイルの声は小さかったし震えていた。聞き取れぬほどではないが、痛々しい。

聞いているのもつらくなる。

　サヴァシュがソウェイルに向き直った。

「まだ決めたわけじゃない、考えるとしか言っていない」

「いやだ」

　ソウェイルが必死の様子で訴える。

「おじさん、地位を用意するとか、正当な評価がどうとか、言ってた。おれ、むずかしいことはよくわからないけど、帝国に行ったらお金が出るっていうことだよな。サヴァシュはそっちのほうがいい？」

　ソウェイルがサヴァシュにしがみつく。

「サヴァシュは自分がチュルカ人だからこの国ではアルヤ人より下に置かれてるんだと思っている？」

　サヴァシュが眉根《まゆね》を寄せる。口を開けて何かを言い掛ける。

「おれ、ちゃんとした王さまになるから。サヴァシュがアルヤ人にならなくても、チュルカ人のままでも気持ちよく戦える国の王さまになるから。そうしたら、サヴァシュはこの国にいてくれる？」

　サヴァシュの大きな手が、蒼い髪を撫《な》でた。

「……考えておいてやる」

「ソウェイル大丈夫かなあ」

「大丈夫だろうが大丈夫じゃなかろうができることはもうない」

サヴァシュに断言された。ユングヴィは「うう」と唸《うな》った。

彼の言うとおりだ。ユングヴィはソウェイルが笑顔を見せるまでずっと抱き締めてあやしていてやりたかったが、他でもなくソウェイル自身が嫌がったのだ。

ウマルが去ってしばらく経ってから、ようやくテイムルが現れた。事のあらましをウマルから聞いたらしい。

ユングヴィはテイムルの胸倉をつかんでさんざん文句をつけたが、それをソウェイルに止められた。ソウェイルは、顔面蒼白《そうはく》で黙りこくっているテイムルの手を取り、彼と宮殿の自分の部屋に帰ると言い出した。

ユングヴィはソウェイルと一緒にいたかった。強張《こわば》った表情のままのソウェイルをひとりにしたくなかった。けれどなぜかソウェイルが首を縦に振らない。テイムルのほうが気を遣ってユングヴィも連れて帰るか問うたが、どうしてかソウェイルが断固としていいと言い張った。最終的に、サヴァシュが「自主性」と一言呟いたのを聞いて、どんな内容でもソウェイルの意思を尊重しなければいけないと考え直し、しぶしぶ引き下がった。

ソウェイルはどうしてしまったのだろう。

ユングヴィには最近のソウェイルがわからない。九歳というのはそんなものだろうか。宮殿に返して以来雰囲気が少し変わったように感じるのは、ユングヴィの気のせいだろうか。こういう自己主張も反抗期で自立の第一歩なのだろうか。きっとソウェイルの成長を喜んであげるべきなのだろうが、とんでもなく寂しい。

「帰って着替えて寝ろ」

「まだ昼だよ」

しかし——自分の恰好《かっこう》を見下ろす。血みどろだ。確かに、早く帰って着替えたほうがいいかもしれない。

「なんか、仕事行く気なくなっちゃったなあ。帰ったらこのまま違うことしたい。寝ないけど」

「おー、好きにしろ」

服の腹をつまんで溜息《ためいき》をつく。

サヴァシュの言うとおりだ。いい加減、切り替えなければならない。

「サヴァシュ、このあとヒマだよね」

「決めつけやがって」

「このまま二人で遊びに行かない？」

「お前と二人でか」

「うん。やだ？」

「なんだ、唐突に」

サヴァシュと正面から向き合う。

彼は怪訝《けげん》な顔でユングヴィを見ていた。そんなに急だっただろうか。そうかもしれない。今まで彼と一対一で何かをしたことはなかった。これからはもう少し彼に優しくしてやってもいいだろう。

「私の中ではぜんぜん唐突じゃないんだ。本当はずっと前からいろいろ考えてたんだ、もっと早くちゃんと言えてたらよかったんだけど……ごめん」

なんだかんだ言って自分もソウェイルもこの男に生かされているのだ。

「今日もそうだし、三年前もそうだった。私はサヴァシュが戦ってくれているおかげでなんとかやっていけてるんだよ。だから、サヴァシュに、ちゃんとお礼したくて」

「自覚はあったのか」

こういうことを言うから彼はまともに相手にされないのだ。

ユングヴィも腹は立つが我慢した。この機会を逃したらサヴァシュと対話する日は来ない気がする。ましてウマルとあんな話になった今、少しでもサヴァシュの気持ちを引きつけておきたい。

そんなユングヴィの心情を知ってか知らずか、サヴァシュが「そうか」と呟《つぶや》いた。

「そうか……やっとか」

そして、ふと、穏やかな表情をした。珍しいことだった。

表情の変化にとぼしい彼が、嬉《うれ》しそうな雰囲気を醸し出した。

ユングヴィはそこに食いついた。もうちょっとサヴァシュとの距離を詰めたい。

「さっきウマルの話を聞いていて思ったんだけどさ、私らあんまりサヴァシュのありがたみ感じてないよね。実際は、サヴァシュがいてくれなかったらあの時もその時も大変なことになってたな、ってこと、いっぱいあると思うんだ。でもさ、ほら、サヴァシュは普段の行いが悪いから」

「そういうことを目の前で言われるあたり、俺らしいな、と思っちまっただろうが」

「うまく言えないけど……もうちょっと、近づきたい。私が一番お世話になってるもんね、私ぐらいはさ、なにか、こう、サヴァシュに恩返ししたい」

黙っていなくなられるのは、もう、嫌だった。ユングヴィがサヴァシュの動向を気にしているということは、わかっておいてほしかった。

「私、サヴァシュは味方になってくれると信じてるし、サヴァシュの味方になってあげたいと思ってるよ」

サヴァシュが目を丸くした。いい反応だ。これはきっと喜んでくれているに違いない。

「何か、私にできることはないかな」

「お前にできること？」

「そう、どこかおいしいお店案内しようか、私ベルカナと食べ歩いてるからそういうことは得意だよ」

「お前より俺のほうがだいぶ長くエスファーナで将軍やってて、飯屋も飲み屋も知ってるけどな」

「そうか、そうだね、そう言えば。じゃあ、そうだ、私が何か作ろうか？　私こう見えて料理得意なんだよ。サヴァシュ寮でひとり暮らしでしょ」

「ああ、普段は市場で適当に済ませる」

「煮物《ホレシュ》煮込むよ。今から支度するとお昼にはちょっと遅くなっちゃうかもだけど」

「そうだな、今からだと遅いな」

「あ、ああー……じゃあ、夕飯にするとか？」

サヴァシュが黙った。考え込んでいるようだった。何も浮かばないのだろうか。ユングヴィは肩を落とした。

「えーっと……、何がいい？　私ができることなら何でもするよ」

「何でも、か」

「うん。何かないかなあ？　私だけがサヴァシュにしてあげられること」

彼は「なくもない」と呟いた。「なになに」と食らいついた。

「何でもすると言ったな？」

「言ったよ」

次の時、ユングヴィは目を丸くした。

「ヤらせてくれ」

サヴァシュをまじまじと眺めてしまった。

何を言われたのかわからないほど無知ではなかった。けれど、自分がそんなことの対象になるとは思ったことがなかった。こんなに急に自分の身近な話題になるとは、まったく想像していなかった。

彼はいつになく真剣な顔をしていた。普段とちょっと違う雰囲気だ。毎回こんな顔で女性を褥《しとね》に引きずり込んでいるのだろうか。

ユングヴィは誘ったことも誘われたこともない。正真正銘これが初めてだ。どういう反応をしたらいいのだろう。

沈黙したままのユングヴィから目を逸《そ》らして、サヴァシュが「冗談だ」と言った。

「忘れろ。特に何もしなくていい」

そして、背中を向ける。

「まあ、別に、いい。無理なら諦《あきら》める」

だが、サヴァシュはその行為をユングヴィだけがサヴァシュにできることとして挙げたのだ。

冷静に考えれば、十神剣には女性が自分を含めて三人しかいない。まだ九歳のカノは論外だし、ベルカナは経験は豊富そうでもサヴァシュの相手をまともにするとは思えなかった。エルナーズやラームテインのような綺麗《きれい》どころはいるが、いつだったか美少年は好みではないと言っていた。消去法でいけば十神剣には自分しか残らない。

消去法でも、サヴァシュの中では、自分が女性として数えられている。

唾《つば》を飲み、拳《こぶし》を握り締めた。

「いいよ」

サヴァシュがふたたびユングヴィを見た。

「しよう」

彼に報いたい。期待に応《こた》えたい。それが謝礼に代えられるのなら、どうにかがんばる。

「お前、自分が今何言ってるかわかってるのか」

「わかってるよ、そこまでバカじゃないよ。したことないから、ほんと、知識だけだけど」

「やっぱり処女なのか」

結婚するまでは、とか、本気で好きになった男性と、とか、夢がないわけではなかった。けれどそんな甘いことは言っていられない。美人でもない、鍛えられて固い筋肉の、醜い傷痕《きずあと》だらけの肌をした自分が、そういう対象になる、ということはそうそうないことに違いない。それでも役に立てるのなら使ってほしいと思った。

未婚の娘が性交渉をもつなど普通のことではない。父親や男きょうだいの名誉を著しく傷つける行為だ。ふしだらな娘として石を投げられるかもしれない。生まれ故郷にいたら火をつけられるかもしれない行いだ。

だが今のユングヴィにはそういう家族はいない。ユングヴィがどこで何をしても――男に遊ばれて捨てられたところで、もともと花嫁という商品になれない自分には関係がない。

自分は女として売り物にならない存在だ。

それでもいいなら、利用してサヴァシュを引き留めたい。それがアルヤ王国のため、ひいてはソウェイルのためなのだ。

「処女、あげるよ」

「もらう」

「軽いな」

「お前にとっては軽いものじゃないということはわかっている」

「それでいいよ」

恥ずかしくなって視線を逸らした。

「それだけでいいよ。それくらい、サヴァシュに何かしたい、って思ってることが、伝われば。いや、何かしたいっていったって、本当に、何もできないと思うけど。そんな私でもよければ、どうぞ」

しばらくの間二人とも黙った。

ややして、サヴァシュが言った。

「夕方、お前の家に行く。ホレシュ、だったか。食うことにする。作って待ってろ。俺、アルヤ人に個人的に家庭料理を作ってもらうの、初めてだ」


夕方、サヴァシュを自宅に招き入れて一緒に食事を取った。彼は珍しく終始嬉しそうで、ユングヴィの手料理をうまい、うまいと言って平らげた。いつかマフセンに言われたとおり、料理はユングヴィの唯一と言ってもいいほど貴重な取り柄だ。ユングヴィも満足した。

「えっと、どうしよう、どうしたらいい？」

「黙ってろ」

「ごめん、なんか、ほんと私何にもできないね、一から十までサヴァシュに任せっぱなしだね」

「別にいい」

「ね、何したらいいかな、うまくできないかもしれないけど」

「だから、何も」

「でも落ち着かないよ、すごい緊張してる、自分が自分じゃないみたい」

「いいから黙れ」

「無理、しゃべってないと死にそう、心臓が爆発する」

「何も言うな」

「ごめん、無理だよ、無理、私――」

「じゃあやめるか？」

「……やめない」

「撤回するなら今のうちだぞ」

「しない。する」

「ここから先は何を言われてもやめないからな」

「うん。いいよ。だいじょうぶ。何か言っても無視してね。何か言うかもしれないけど、自分でも自分がなに言ってるかよくわかんないし、気にしないで」

「黙って目をつぶってろ」

「そうする。……あ、でもちょっと待って、一個だけ聞いて」

「何だよ」

「窓。窓、閉めて。窓掛けひいて。お願い。お願いだよ。からだを見られたくないんだよ。お願い」

「俺は見たい」

「やだ、やめて、お願い見ないで、お願い、だめ、ごめんなさい、ごめんなさ――」


頭を撫《な》でられている。

こんな風に甘やかされたのはいつくらいぶりだろう。記憶にない。親にもしてもらったことはない気がする。自分がソウェイルの頭を撫でることはあるが、自分が撫でられる側にまわったのは初めてかもしれない。

とても心地良い。

ずっとこのまままどろんでいたいと思った。何もかもを忘れて眠っていたい。気だるい感覚に包まれて安らいでいたい。

不意に手が離れ、そばにあった体温が消えた。

寒さを感じてまぶたを持ち上げた。

薄暗かった部屋が突然明るくなった。

何が起こったのだろう。

体を起こした。

脚の付け根に痛みがある。皮膚が伸び切って薄くなってしまったかのような、こすれて熱をもった時のような痛みだった。腿《もも》がだるい。いつもと違う。

何事だ。

目線を持ち上げると、上半身裸のサヴァシュが窓掛けを引っ張って窓を開けていた。

朝が来た。

最初のうち、ユングヴィは彼を黙って眺めていた。頭が働いていなかった。彼の様子から何かものを考えるということができなかった。ただ、外が明るくなっていることだけを感じていた。

外が明るくなった。

部屋の中も明るい。

ユングヴィは蒼《あお》ざめた。急いで掛け布団を引き上げた。頭からかぶってうつむいた。見られた。

左肩には大きな刃物傷と縫合した際の糸の痕が残っていた。むかでが這《は》っているような傷痕だ。

右の二の腕には矢を抜くために自分で切り裂いた痕が残っていた。いつの間にか塞《ふさ》がった部分がひきつれ、いびつな形で癒着してしまっている。

左脚には訓練内での実験中に火薬が爆発してできた火傷《やけど》の痕が残っていた。赤黒くなってなかなか元に戻らない。

醜い。女のからだではない。

「見ないでって言ったのに……！」

そうでなくとも、たくましい腕や腹には筋肉の線が入っていて柔らかさはない。手は日に焼けていて皮膚は硬く厚い。

寝台が軋《きし》んだ。

顔を上げると、彼がすぐそこにいた。

「なんでだ」

ユングヴィは喉《のど》から声を絞り出した。

「こんなの女の子のからだじゃないよ。こんなぼろぼろで、みっともない。可愛くない」

「そうか？」

「今までのひとたちとはぜんぜん違うでしょ？」

「傷のひとつやふたつしょうがないだろ。お前が必死で戦ってきた証拠だ」

だが、そう言う彼のからだには大きな傷が見当たらない。それが強さなのだ。自分は弱いからこんなことになった。

「俺はいい女だと思ってる」

顎《あご》をつかまれた。むりやり持ち上げさせられた。

唇に唇が触れた。

ただ、それだけの、優しい口づけだった。

「煮物《ホレシュ》、うまかった」

ささやかれる。

「また来てもいいか？」

ユングヴィは、口づけのせいで真っ白になった頭で、何も考えずに頷《うなず》いた。

呆然《ぼうぜん》としているユングヴィをそのままにして、彼は寝台から離れた。

床に放ったままの服を拾ってひとつずつ身につけ始めた。たくましい背中を、刺繍《ししゅう》の入った黒い生地の布が覆っていく。しゃらん、しゃらん、と、銀細工が鳴る。

最後に一度振り向いて、彼が「またな」と言った。ユングヴィは「また」と呟《つぶや》いて彼を見送った。

戸が閉まった途端だった。

視界がゆがんだ。涙があふれて止まらなくなった。

最初から最後まで優しかった。不安でおかしくなりそうなユングヴィに何度も口づけをくれた。

掛け布団に顔を押しつけた。

動いた際にまた痛んだが、それほど気になるものでもなかった。想像していた痛みとは違う。激しく出血してもっと引き千切れたような痛みを感じるのかと思っていたが、そんなことはなかった。

彼が丁寧だったからだろうか。

こんなに大切に扱われる日が来るとは思っていなかった。

初めてがサヴァシュでよかった。

結局朝食を食べた後に再会した。

蒼宮殿の北の裏庭、回廊の縁にサヴァシュと並んで腰掛けて、ユングヴィはひとつ大きな溜息《ためいき》をついた。

「ねえ、一個恥ずかしいこと言ってもいい?」

「何だ」

「私さ、ああいう経験したらもっと劇的に価値観とか見える世界が変わるんじゃないかと思っていたんだ。でもぜんぜんそんなことなくてさ、今ここでこうしてサヴァシュと会っても別に何とも思わないことに気がついてしまって……これが大人になるってことなのかな」

こんなことなら朝食ぐらい作って食べさせてやればよかったと思うくらいだ。

「お前、それ、俺にどんな反応を求めてるんだ」

「別に何にも。私気づいちゃったんだ、友達がいないからこんな話をできる相手もサヴァシュくらいしかいないということに。強いて言えばベルカナかなーと思ったけど、迂闊《うかつ》にこんなこと言ったらサヴァシュがビンタされる展開が見える」

「その予言当たりそうだな」

「私はそんなの望んじゃあいないので、余計なことは言わないに限るなあと思ったんだ」

サヴァシュの反応が気になって彼のほうを向いた。彼はしばらく黙ってユングヴィの顔を眺めていた。

少し間を開けてからのことだ。

「お前の場合はお前にとっての友達の条件が厳しいだけだろ」

突然の言葉に、ユングヴィは目を丸くした。

「お前のことを友達だと思ってる奴はいっぱいいるのに、お前がそれに応《こた》えてない」

「えっ？　なに急に」

「いや、友達がいないとか言い出すから、つい」

サヴァシュが踏み込んだことを言ったのに驚いた。彼はそんな風に誰かと絡む人間ではないと思っていたからだ。

「なんでそう思うの？」

おもしろくなって掘り下げた。サヴァシュが自分の腰の銀細工を指先でもてあそびながら「ん」と呟く。

「ベルカナやバハルとしゃべってるところを見ていて、ずっと、ああ、こいつ根本的にひとを信頼してないんだな、と。信じる、というよりは、頼るとか、甘えるとか、そういうことはしない。自分の弱い部分をさらけ出せない、ひとに任せられない」

自分では気がついていなかった。けれど、言われてみればそうかもしれない。サヴァシュは案外見ているのだ。

「でも、それ、サヴァシュに言われたくないかも」

「俺はいい、自分で意識してアルヤ人には頼らないようにしていたから。お前は無意識だろ」

いろんなことに合点がいって、ユングヴィは大きく頷いた。

「十神剣を兄弟だとか言うおつむの幸せな連中がお前に求めているのは、妹として兄や姉を頼る姿勢。俺は逆にいい加減オニイチャンになれと言われている立場だ」

「ヤバい……サヴァシュ先生のお言葉が胸に突き刺さる……」

「結局ソウェイルの件だって、テイムルとかがああでもないこうでもないと言うのはそこだろ。もっと早く言っていれば周りはいくらでもやりようがあったのに」

ふと、新しい気配が紛れ込んできた。

「おれのこと、ああでもないこうでもないと言われている？」

ソウェイルがサヴァシュとユングヴィの間にしゃがみ込んで顔を見上げていた。

「わっ、ソウェイル」

いつからいたのだろう。気がつかなかった。サヴァシュの言葉に夢中になっていたらしい。

慌ててあたりを見回す。背後に白軍の兵士が二人立っている。ユングヴィと目が合って敬礼する。

「テイムルが、絶対にひとりになるな、って言うから、ここまでついてきてもらった。

けど、もう、いいよな？」

ソウェイルがそう説明する。サヴァシュが「ああ、もういいな」と答える。ソウェイルが振り向いて「だって、だいじょうぶ」と告げる。

「サヴァシュとユングヴィがいるから。だから、二人とも、えっと、下がって……？」

うつむいて、「こういうのほんとにいやだ」と呟く。

「だいじょうぶだから、テイムルにそう言ってほしい。その……、サヴァシュとユングヴィがいるところで、こういうの、すごい、気をつかうから……だから、おねがいだ」

ソウェイルに代わって、サヴァシュが平然とした顔で「下がれ」と言った。兵士二人は、一度顔を見合わせた後、礼をした。そして、回廊の奥へ向かって歩き出した。といっても距離を置いただけで、完全に姿を消すわけではない。持ち場を離れるつもりはないらしい。ソウェイルの護衛をしてほしいユングヴィとしては、これぐらいがちょうどいい。

「命令しろ、命令。お前、一応王子様で偉いんだろ」

「むりだ、はずかしい。フェイフューは平気でするけど……おれからしたら信じられない、ぜったいまねできない」

「フェイフューのほうは図太いな。どうやったらあのふてぶてしさが身につくんだろうな」

「どの口が言ってんだよ、今この国で一番図太くてふてぶてしいのはあんただよ」

そこで、ソウェイルが不意に笑った。

「なんか、ユングヴィとサヴァシュ、ちょっと仲良くなった？」

瞬間、ユングヴィは顔が真っ赤に染まったのを感じた。指摘されて初めて自分が何をしでかしたのか突きつけられたように感じたのだ。他の誰を騙《だま》せてもソウェイルの目だけはごまかせないのだ。

サヴァシュは変わらず平気な顔をしていた。

「そりゃ、昨日あれだけの事件に一緒に巻き込まれていたらいろいろと話すこともある」

それだけの説明だったが、ソウェイルは納得して「そっか」と頷いた。

「あの後たいへんだった？」

「いや、特には。こいつがお前の心配をしてぎゃあぎゃあ騒いだだけだ」

「おれのせいでさわぎになっちゃったんだな。ごめんなさい」

「お前が謝ることじゃないだろ」

「でも……」

羞恥心《しゅうちしん》を振り切り、ユングヴィはソウェイルの肩を抱き締めた。ソウェイルの蒼《あお》い髪に頬を寄せる。

「いいんだ、もう。ソウェイルの顔を見れて安心した」

「ユングヴィ……」

「今日、会えないかも、って思ってた。出てきてくれて、ありがとう。本当に、よかった」

ソウェイルはユングヴィから顔を背けた。しばし間を置いてから少しずつ話し始めた。

「いろいろ考えたけど……、おれが強かったら、って。おれが強くなったら、こういうこと、減るのかな、って思ったから……、やっぱり、サヴァシュにもっといろんなことを教えてもらおう、って思ったんだ」

「そうか」

サヴァシュの大きな手が、ソウェイルの蒼い頭を撫《な》でた。

「そうか、そうか」

ソウェイルがまた、少しだけ笑った。

「でも、テイムルにサヴァシュから剣を習っていることバレちゃった。せっかくナイショにしていたのにな」

「それは、仕方がないな」

サヴァシュが「何か言ってたか？」と問い掛けると、ソウェイルは首を横に振りながら答えた。

「テイムル、サヴァシュを選んだことには何にも言わなかったけど、テイムルを選ばなかったことは悲しい、って言ってた」

次の時、ユングヴィは驚いた。

「ははっ」

サヴァシュがこんな風に屈託なく笑うところを見られるとは思ってもみなかったのだ。いったい何が彼をそんなに喜ばせたのだろう。ユングヴィには見当もつかない。

思いを巡らせているユングヴィをよそに、サヴァシュが「よし」と言って立ち上がった。

「じゃあ、始めるか」


「むり」

ソウェイルが地面に突っ伏した。ユングヴィは「あ、ああー」と嘆きの声を上げた。

これでは服の前側が土だらけだ。今はユングヴィがソウェイルの服を洗濯しているわけではないのだが、ソウェイルが服を汚すとどうしてもそんなことを考えてしまう。

「つかれた」

サヴァシュが腕組みをして問い掛けた。

「じゃあやめるか」

「やめたくないけどやめたい」

ソウェイルは顔を伏せたまま芯《しん》のない声で答えた。

「おれ、こういうの、向いてないのかもしれない」

「そうかもな」

「なんでサヴァシュはすぐそう言うんだ、ちょっとぐらいソウェイルもやればできるとか言ってくれてもいいのに」

「言ったらできるのか？」

「むり……」

「やめてしまえ」

「やめないけど今日はもうむり……」

ユングヴィはソウェイルのすぐそばにしゃがみ込んだ。

膝《ひざ》を曲げ腿《もも》を伸ばした時にかすかな痛みを感じたが、気がつかなかったふりをした。

ソウェイルの前で余計なことを言ってはならない。ソウェイルは時々妙に察しがいいのだ。教育によくないと思われることは少しでも見聞きさせないようにしなければならない。

こんな風に気を遣わなければならないのはそれもこれもすべてサヴァシュのせいだ。そのへんの土をつかんでサヴァシュに投げつけたくなるのをこらえる。

「もういいよ、今日は。続きは明日《あした》にしようか」

ソウェイルが顔を持ち上げる。蒼い瞳《ひとみ》と目が合う。

「おれ、毎日そう言っている気がする」

「だいじょーぶ！　どうせサヴァシュは毎日ヒマだから！」

「お前が言うのか。まあヒマだが」

「そうじゃなくて。おれ、毎日同じこと言ってて、ぜんぜん前に進んでなくないか？」

そう思えただけ進歩だと言いたかったが、それでは暗に前に進んでいないと言っているようなものでは、と思ったのでやめた。かわりにソウェイルの頭を撫でた。ソウェイルがまた顔を伏せ頭を左右に振る。

「ほら、起きて！　こういうのはあんまり深く考えちゃだめだよ。また明日、また明日！」

「ユングヴィもうどっか行ってくれ」

「え、なんで？　私何かおかしいこと言った？」

強引に起こそうと腕をつかんだ。予想外に強い力で抵抗された。ソウェイルがここまで意固地になることはそうない。剣術の稽古《けいこ》によほどのこだわりがあるらしい。しかし空回っている。ソウェイルの小さな体には日が高くなるまで運動するだけの力がない。

空を見上げた。まだ午前中だ。焦ることはない。

「――いいな。私も何かしたくなってきた」

ソウェイルの傍らに放り出されている木刀を拾った。短剣より長く神剣より短い木刀は軽くユングヴィの手にも馴染《なじ》んだ。

立ち上がり、木刀の切っ先をサヴァシュへ向ける。腕を組んだままソウェイルを見下ろしていたサヴァシュが、ユングヴィのほうを見る。

「ちょっとサヴァシュ先生、私の相手もしてよ」

サヴァシュに「動けるのか」と訊《き》かれた。反射的に「どういう意味だ」と答えてしまった。頰が熱くなるのを感じる。闘争心が余計に燃え上がる。

「なめんな。私だって赤軍兵士だもん、ちょっとやそっとでどうにかなるほどやわじゃないんだよ」

「ちょっとやそっとだったのか？」

「私がいいって言ったらいいの。お手合わせ願います」

サヴァシュが溜息《ためいき》をつきながら木刀を構えた。いつもの構え方だ。向かって斜めになるように持っている。左足を一歩引き、体もユングヴィと斜めに向かい合わせる。

ユングヴィは両手で体幹の真正面に木刀を構えた。両足を肩幅に開いてまっすぐサヴァシュと向き合った。

だが、まっすぐ突っ込むつもりはない。

一度、まぶたを下ろした。大きく息を吐いた。

ユングヴィにはわかっていた。

自分とサヴァシュの場合、身長差はさほどでもないのに、筋肉量がまったく違う。何も考えずにごり押しをすれば腕力で負けてしまうだろう。

策はないわけでもない。ここ数日サヴァシュの動きを見ていて特徴はつかんだつもりだ。

息を、吸った。

まずは下から切り上げるつもりで木刀を振った。

サヴァシュはそんなユングヴィに合わせるかのように真反対である斜め上から木刀を振り下ろした。

刃と刃が重なり合う。

重い。まともにやり合ったら弾《はじ》き飛ばされる。

右手を離した。柄《つか》の部分がユングヴィの左手を軸にてこの原理で跳ね上がった。左手首がおかしくなりそうだ。

今度はサヴァシュが斜め下から木刀を振り上げる。急いで両手で構え直してサヴァシュの刃を受け止める。

ぶつかった次の時には、サヴァシュの刃はユングヴィの刃から離れていた。

ユングヴィは違和感を覚えた。

けれどその違和感の正体をつかむ前にサヴァシュが横から次を打ち込んできた。

木刀で受け止めつつ、ユングヴィは考えた。

サヴァシュの動きは一振り一振りが大きい。馬上から一撃で敵を叩《たた》き落とすことに長《た》けているためだ。相手を力ずくでぶちのめそうとしている。

しかしユングヴィの手首がいかれてしまうことはなさそうだ。

ユングヴィが受け止めた途端サヴァシュの木刀の重みが消えた。風が止まった。銀細工は一度だけしゃらんと鳴って黙った。

先ほどの違和感の正体はこれだ。

寸止めだ。サヴァシュはわざと力を込めて手の動きを止めているのだ。

ユングヴィに怪我をさせないためだ。

余計に腹が立つ。

小さく振りかぶってサヴァシュの顔を狙った。サヴァシュはいとも簡単に顔を傾けてそれを避けた。

反対側から同じ要領で切り裂こうとする。木刀の切っ先で阻止される。またもや刃が重なり合う。

サヴァシュの手は、動かない。ユングヴィの動きまで止められてしまう。

銀細工が声を上げない。

ユングヴィは決心した。

思い切って木刀を大きく左に振った。

サヴァシュは動じなかった。目でユングヴィの木刀の動きを追っただけで、一見何の対応もしていないかのように見えた。ただ手元で木刀を構え直しただけだ。

全力をもって木刀を横に薙《な》いだ。

途中で両手を離した。

遠心力で木刀が吹っ飛んだ。サヴァシュの側頭部に向かって、一直線に宙を進んでいった。

銀細工が、しゃん、と大きな声を上げた。

サヴァシュの意識がユングヴィの投げた木刀に注がれた。

サヴァシュが全身でかわしているうちに、ユングヴィは自分のベストの胸の合わせ目に右手を突っ込んだ。中から出てきたのは投擲《とうてき》用の薄く短い刃だ。

サヴァシュの得意分野に持ち込ませてはだめだ。自分の得意分野にサヴァシュを巻き込むのだ。

サヴァシュの顔面へ突き刺すつもりで小さな刃を投げる。彼はやはり身を引いてかわしたが、意識はすべて刃に持っていかれたと見た。

間髪を容《い》れずに左手で同じように刃を投げる。彼が木刀を持ち上げる。木刀の身に刃が突き刺さる。さすがの動体視力で見極められてしまったが、真の狙いはそこではないのでユングヴィも動じない。

銀細工が、がしゃ、と今までには聞いたことのないような音を立てた。

今だ。

腰を落として姿勢を低くした。膝《ひざ》を突き崩すつもりで蹴《け》りを繰り出した。

膝の関節に入った。

サヴァシュが体勢を崩した。左手で木刀を地面に突き立てた。銀細工がじゃらじゃらと騒いだ。

勢いを殺してはならない。

地に片手をつき、回旋する要領でもう片方の足を振った。今度は高く持ち上げてサヴァシュの右肩を狙った。

サヴァシュが胸をかばうように右腕を持ち上げて衝突を防ごうとする。

サヴァシュの腕にユングヴィの足がめり込む。

表情がゆがむ。

サヴァシュが全身を引いた。しゃらら、という忙《せわ》しない音がした。

「ちょっと待て、俺がするって言ったのは剣術の稽古だ」

こんなに動揺したサヴァシュの声を聞くのはどれくらいぶりだろう。それこそ初めてではないのか。

ユングヴィはサヴァシュのすぐ右側に跳び込んだ。地面に両手をついて体を縦に回転させ、今度は背後へ移動した。

すぐさま大地を踏み締めて立ち、後頭部に掌底を叩き込もうとした。

サヴァシュはすぐに振り向いた上で、自分の顔を両手でかばった。

だが、ユングヴィの掌底はサヴァシュを突き飛ばした。彼は後ろによろめいた。

「テメエ」

サヴァシュが腕を伸ばしてきた。

服をつかまれないよう一歩下がった。捕まってしまったらあっと言う間に押さえ込まれるだろう。それは何としてでも避けねばなるまい。

息を吐く。そして吸う。意識して呼吸をしなければならない。息を止めた状態で長時間動くことはできない。

動くのだ。動きで翻弄《ほんろう》するのだ。

十神剣で一番瞬発力があるのは自分だ。

横に走った。回廊の太い柱へ向かった。

柱を蹴った。

柱を地面に見立てて、地面と体を水平にして駆け上がった。

体の周囲で風が渦巻く。空気の重みを感じる。大地がユングヴィを自分のほうへ引き寄せようとしている。その力がまた気持ちいい。

今、世界にあらがっている。

背丈ほどものぼったあたりで柱を勢いよく蹴った。

体が宙に浮き上がった。

自然の摂理は人間に飛ぶことを許さない。地に落ちる。

自分は今からその摂理を利用する。

体を横にした。右半身を下にした。そして右肘《みぎひじ》を曲げて突き出した。

サヴァシュへ向かって墜落する。

押し潰《つぶ》してやる。

銀細工が、しゃらん、と一度だけ鳴った。

ユングヴィは目を丸くした。

サヴァシュが一歩分前に出たからだ。

ユングヴィの肘は、サヴァシュの顔のすぐ横、肩の上の空気を叩いた。ユングヴィの上腕が肩につくと、サヴァシュはそのまま後ろに倒れた。

わざとだ。彼は受け身をとったのだ。

ユングヴィはサヴァシュを下敷きにした状態で地面に倒れ込んだ。

サヴァシュがユングヴィの体重のすべてを受け止めた。

「いってぇ……」

大きな手で、肩を抱きかかえられていた。

抱え込まれてしまった。

捕まった。終わりだ。

悔しい。

その場で上半身を起こした。サヴァシュの腹の上で馬乗りになった。

胸倉をつかんで強引に上へ引き上げた。

サヴァシュも上半身を起こした。嫌そうな顔で「重い」と呟《つぶや》いた。

「手加減しただろ」

「した」

あまりにも素直だったので、右手を離して握り拳《こぶし》を作り振り上げた。サヴァシュはその手をつかんで止めた。

「なんで？」

「子供の目の前で親をぶちのめすのは俺の主義に反する」

ユングヴィは慌てて振り向いた。

すぐそこで、ソウェイルが、目を真ん丸にして自分たちを見ていた。

それではソウェイルがいなかったら自分をぶちのめしていたのか、と言おうとしてやめた。それこそ子供のいる前で言うべき台詞《せりふ》ではないと思ったのだ。必要以上にソウェイルを怖がらせたくない。

「余裕だね」

「いや、でも、びっくりした。白状すると、見くびってた。お前の瞬発力がものすごいのは認める。あと、昨日も思ったけど、股関節《こかんせつ》柔らかいな」

「昨日も思ったけどっていうのすごい余計じゃない？」

「楽しそうですね」

今まではまったくなかった声が割って入ってきた。

声のほうを振り向いた。

回廊の奥から二人分の影が歩み寄ってきていた。

ひとりは日輪のような金の髪の少年だ。丈の短い動きやすそうな服装をしている。

もうひとりは夜空のような黒い髪の青年だ。神の軍隊の蒼《あお》い制服をその身にまとっている。

「どうしてぼくに声をかけてくださらなかったのです？　いくらでもお付き合いしますと申し上げましたのに」

金の髪の少年――フェイフューが言った。いつもの、自信に満ち満ちた、底抜けに明るい笑顔で、だ。

「まあ、ぼくは手加減しませんけどね」

ソウェイルが極限まで嫌そうな顔をした。

「暇そうだな。女相手にいい気なものだ」

黒い髪の青年――ナーヒドが言った。いつもの、鋭い目つきに吐き捨てるような声音で、だ。

「自分の本来の職務を顧みずにこんなところで油を売って。アルヤ王国の軍人として恥ずかしいとは思わんのか」

サヴァシュも極限まで嫌そうな顔をした。

サヴァシュの手が再度ユングヴィの肩をつかんだ。その手のあまりの強さにおののいたユングヴィは慌てて彼の上から退いた。

サヴァシュが立ち上がる。

ナーヒドがさらに一歩近づいてくる。

二人が至近距離で向き合う。

にらみ合う。

「そっちこそ、昼間から王子サマとお散歩のようだが」

「ああ、昨日の事件を受けて今日は一日宮殿の中にいることにした。仕事をしない奴がいるせいで宮殿は人手不足の様子だからな」

「ご苦労なことだ、ソウェイルは俺が見ているから出しゃばってこなくていいぞ」

「貴様にはわからないようだがこの国の事情は繊細だ、気を抜いていると何が起こるかわからない、俺くらいはソウェイル殿下もフェイフュー殿下もしっかり見ていなければならん」

「アルヤ民族の軍神様は大変だな、自由と平等を愛する俺には真似ができないな」

ソウェイルが駆け寄ってきた。ユングヴィの耳元でささやき声を出した。

「なあ、ユングヴィ、ひょっとしてサヴァシュとナーヒドって、仲、悪い？」

「悪い」

ユングヴィは冷や汗をかいた。

「めっちゃくちゃ、超絶、テイムルがこの人たちを二人きりにするなっていうおふれを出すくらい、仲悪い」

ナーヒドが持参していた木刀を構えた。

「俺もお相手願う。貴様のその驕《おご》り高ぶったところを叩《たた》き直してやる」

サヴァシュもまた、地面に放り出していた木刀を拾って握り締めた。

「ああ、相手をしてやろう。ヒマだからな」

二人の間に火花が散った気がした。

ソウェイルとユングヴィは肩を寄せ合って震えた。

「決着をつけてやる」

「望むところだ」

サヴァシュはいつもどおり片足を一歩引き木刀を斜めに構えた。けれど目つきがいつもとは違う。その鋭い眼光を見て、ユングヴィは今まで本当に手加減されていたのだと感じた。

ナーヒドは正面で木刀を構えた。かつてユングヴィが習ったものと同じ、アルヤ軍に代々伝わる伝統の構えだ。次の一手が想像できそうなほどの正統派ぶりだった。だがやはり、目つきが見慣れたものと違う。ナーヒドは普段からきつい目つきをしているが、今は視線だけでひとを射殺せるのではないかと思うほどだ。

フェイフューが手を叩いた。

「用意！」

ユングヴィは驚いた。フェイフューの声が楽しそうだったからだ。

フェイフューを見る。

笑っている。

フェイフューはナーヒドとサヴァシュを争わせたいのだろうか。彼はそういう好戦的な性格なのだろうか。

怖い。

もっと穏やかでものわかりの良い子だと思っていたが、勘違いだったかもしれない。

こんな子がソウェイルと競い合おうとしているのか。

ソウェイルの顔を見下ろした。ユングヴィのすぐそばで、くっつくように立っていた。不安そうな目でサヴァシュとナーヒドを見つめている。ユングヴィはそんなソウェイルの肩を抱いた。体の硬さから緊張しているのを感じる。ソウェイルがおとなしい性格なのはだいぶ前から把握していたが、フェイフューと比べるとこの上なく心配だ。

「はじめ！」

直後、サヴァシュもナーヒドも一足飛びで大きく互いの間合いに踏み込んだ。

サヴァシュの木刀が風を横に薙《な》いだ。ナーヒドの木刀が空気を縦に押し潰《つぶ》した。

銀細工が、しゃん、しゃん、と鳴る。

二人の刃が重なった。かん、という木の音が響いた。これが真剣だったらあたりに金属音が響き渡っていただろう。

しばらくの間二人とも動かなかった。力が拮抗《きっこう》している。両方とも力ずくで相手を押さえ込もうとしているのがわかる。腕力に自信があるのだ。

どちらからともなく離れた。

二人とも間を置かず次を打ち込む。また木刀の鳴る音と銀細工のぶつかる音が響いた。

ナーヒドの木刀が上からサヴァシュの木刀を押さえつけようとした。サヴァシュの木刀はそれを下から押し退けようとしているように見える。

「貴様のそのがらくたうるさいぞ、じゃらじゃらじゃらじゃらじゃら音を立てて、何だか知らんが鬱陶《うっとう》しいことこの上ない」

ナーヒドが唸《うな》るように言う。

一方で、サヴァシュが口元だけで笑って答える。

「いい音色だろ、お気に入りだ、姉貴が魔除《まよ》けにって言ってくれてな」

「なんだ貴様、その年になっても自分の姉が恋しいのか。チュルカ人というのはいくつになっても乳臭いものが好きなものなのか？」

「殺す」

サヴァシュがナーヒドの刃を薙ぎ払った。刃が離れた途端、手首を返してナーヒドの手首を狙う。

ナーヒドが手首を引いて本来なら鍔《つば》のあるあたりで攻撃を防ぐ。すぐに押し退けてサヴァシュに刃を引かせた。

ナーヒドはサヴァシュに休む隙を与えない。刃を押しつけるように攻める。

サヴァシュはけしてかわさずそれを受け止めるように木刀を運ぶ。そして腕力で強引にナーヒドを押し退けた。

銀細工がしゃんしゃんと騒ぐ。

二人の刃が嚙《か》み合う。金属だったら刃こぼれを起こしそうだ。衝撃が空気を伝ってあたりに響いているように感じる。重い。

ナーヒドが木刀を地面と水平にしてサヴァシュの胸に突き立てようとした。サヴァシュがそれを薙ぎ払った。遠心力を使ってナーヒドの体を断とうとしている。対するナーヒドは最短距離でぶつかっているように見える。二人のやり方がまったく違う。

それでも嚙み合う。同時に、けして刃以外の部分には触れさせない。まるではかったかのように打ち込み合う。力が釣り合っている。

ユングヴィは息を吞《の》んだ。

思いの外ナーヒドが強い。かといってサヴァシュが押されているとも思わなかったが、ナーヒドを攻め落とすことも簡単にはできない気がしてきた。単純に十神剣最強はサヴァシュだと思い込んでいた自分を恥じる。

ナーヒドは刺すように剣を振るう。まっすぐ前にしか突進できないようなので避けられてしまっては終わりだが、もしも当たれば一撃で相手を貫くことだろう。

サヴァシュは一振り一振りが大きい。今はサヴァシュのほうが速度で上回っているため間に合っているが、そのうちナーヒドが動きの隙を突くのではないか。

胸の奥が冷える。

いくら模造刀といえど怪我をしないわけではないのだ。むしろ、あの勢いでぶつかっていれば——

「ユングヴィ」

ソウェイルの手がユングヴィの服の脇腹をつかんだ。

「止めてくれ。あぶない」

ソウェイルに声を掛けられても、ユングヴィにはその顔を見ることすらできない。

二人から目を離すことができないのだ。

自分が目を離した途端にどちらかがどちらかを討ち取ってしまう気がする。

そんなことがあるはずはない、二人ともアルヤ軍の人間だ、仲間同士で傷つけ合うわけがない——そう信じていたかったが自信はない。

サヴァシュの木刀がナーヒドの木刀を弾《はじ》き飛ばした。

これで終わりだと安堵《あんど》したのも束の間だ。

ナーヒドは咄嗟《とっさ》に腰の剣を抜いた。

蒼《あお》い燐光《りんこう》があたりに走った。神剣だ。

蒼い神剣の聖なる刃がサヴァシュの木刀をへし切った。

サヴァシュが短くなった木刀を捨てた。そして背に負っていた黒い神剣の柄《つか》をつかんだ。闇色の刃がその物々しい姿を見せた。

二人とも神剣を抜いた。

その神剣は太陽を守るためにあるものだ。仲間を斬るためのものではない。

「だめだ！」

ソウェイルが叫ぶ。

黒い神剣と蒼い神剣の刃がかち合う。あたりに金属音が響く。

「二本も本気だ！　早く止めないとどっちかがどっちかをきってしまう」

黒い神剣がナーヒドの頰をかすめる。ナーヒドの黒髪が一筋風に散る。

蒼い神剣がサヴァシュの腕をかすめる。サヴァシュの服の袖《そで》が裂けて下の肌を覗《のぞ》かせた。

もう笑って済ませられる範疇《はんちゅう》を超えた。

「ちょっと、サヴァシュ！」

急いで声を上げる。

「フェイフュー殿下が見てる！　子供の目の前で親をぶちのめすのはサヴァシュの主義に反するんじゃなかったの⁉」

直後、ユングヴィは血の気が引くのを覚えた。

「いいえやめないでください！」

フェイフューが力強い声で叫んだ。

「ぼくは、ナーヒド、あなたが十神剣最強なのだと信じています！　サヴァシュに勝ちなさい！」

思わずフェイフューの顔を見てしまった。

フェイフューはまっすぐナーヒドを見つめていた。その顔に恐れなどはまったく見当たらなかった。ユングヴィはフェイフューを怖いと思った。

ナーヒドが両目を見開いた。

蒼い神剣に込められた力が強くなるのが、傍《はた》から見ていても感じ取れた。

蒼い神剣が黒い神剣を振り切った。サヴァシュの顔面に向かって繰り出され、突き出された。

サヴァシュが目を丸くした。

「ユングヴィ！」

突如後ろから名前を呼ばれた。怒鳴られたように感じて肩をすくめた。

声のしたほうに顔を向けた。

回廊の真ん中にアフサリーが立っていた。

アフサリーは蒼ざめた顔で「早く！」と怒鳴っていた。普段は冷静で物腰穏やかな紳士であるアフサリーがあんなに大きな声を、と思うと、今がとんでもない非常事態であることを痛感した。

「止めなさい！　力ずくで！　むりやりにでも！」

「はい！」

だが逆に、ユングヴィは非常事態に駆け出すのは得意だ。

二人の間に入るのは危険だ。自分が斬られかねない。さてどうするかと考えながら走った。

まっすぐ突進した。サヴァシュに向かって、だ。

サヴァシュを横に弾き飛ばした。銀細工が、じゃら、と今までには聞いたこともない音を立てた。

突然サヴァシュが視界から消えてナーヒドも戸惑ったようだ。勢いよく突き進んでいた神剣ごと前につんのめった。すんでのところで立ち止まる。呆然《ぼうぜん》とその場に立ち尽くす。

「テメエ何すんだよ⁉」

　サヴァシュが怒鳴った。けれどユングヴィは今度こそためらわなかった。サヴァシュを地面に押さえつけたまま「だめ」と叫んだ。

「いい加減にしなさい」

　アフサリーが駆け寄ってくる。ナーヒドとサヴァシュの今なおぶつかり合う視線の中間、庭の中央へ立つ。

『蒼き太陽』の御前でこんな風に争うとは何事ですか。十神剣の務めを忘れたんですか。その神剣は何のためにあるのか思い出しなさい」

　ユングヴィの下で、ユングヴィの腕をつかみながらサヴァシュが「冗談じゃない」と言う。

「何が十神剣だ、こんな風に侮辱されてもまだ黙ってろって言うのかよ」

　ナーヒドが神剣を構え直す。その目はひどく冷たい。

「俺もまだやれる、最後までやるぞ」

　しかし最終的に場を収めたのはフェイフューだ。

「興ざめです」

　そう言いながらフェイフューが歩み寄ってきた。

「やめにしましょう、ナーヒド」

フェイフューに言われて、ナーヒドは戸惑ったのか一瞬視線をさまよわせた。けれど、すぐに肩の力を抜いた。神剣を鞘《さや》に納める。

ナーヒドが地面に膝《ひざ》をつく。フェイフューに向かって首《こうべ》を垂れる。

「申し訳ござらぬ」

「結構ですよ」

フェイフューが当たり前のような顔をして応じる。

「今度は十神剣をみなさんそろえてやりましょうね」

そして、ソウェイルに向かって「ごきげんよう」と告げた。

「今日のところは仕切り直します。サヴァシュも、兄さまも、ユングヴィも。おぼえておいてくださいよ」

風を切って歩き出す。その後ろを、ナーヒドがついていく。二人とも一度も振り向かない。

あっと言う間に姿が見えなくなってしまった。

一同はそんな二人を啞然《あぜん》としたまま見送った。

「退《ど》け」

低い声で言われて、ユングヴィは我に返った。サヴァシュの上から退く。

表情はいつもと変わらないように見える。すぐに神剣を鞘に納めたあたりからしてもこれ以上危ないことはないと思う。だが何となく、目が冷たい。

「ごめん」

怖くなってそう言った。独り言のように小さな声だったが、サヴァシュには届いたようだ。彼は切り捨てるような声で「もういい」と答えた。

「俺も頭を冷やしてくる」

そして、他の者の反応を待たずに「解散」と言って、ひとり歩き始めた。

この状態で離れられるのが不安で、ユングヴィはサヴァシュに向かって手を伸ばした。しかし引き止める言葉は見当たらない。手を引っ込めて溜息《ためいき》をついた。

サヴァシュの背中が遠くなっていく。

「らしくないですね」

アフサリーが腕組みをして言う。

「サヴァシュに何かありましたか？」

「えっ、なんで？」

「ここまで怒るとなると、何かよっぽどのことがあったのではないかと。この何年かはすっかりおとなしくなっていたので、こんなことはもう二度とないものと思い込んでいました。どうせまたナーヒドが何か気に障るようなことを言ったのでしょうが、
うーん」

ソウェイルがアフサリーを見上げて、「昔はよくあったのか」と問い掛けた。アフサリーが目尻《めじり》を垂れて「はい」と答える。

「十代の頃はしょっちゅう喧嘩《けんか》をしては時の白《しろ》将軍、テイムルのお父さんに諫《いさ》めてもらっていたものです」

「どうして？　何かあったのか？」

「あったような、なかったような。いつからか口を利かないようになってしまって——ベルカナだったら何か知っているかもしれませんね、私はどうしても北に戻らないといけなくて、基本的にはそばにいられませんから」

言われてみれば、何がそんなに気に障ったのだろう。ナーヒドの言動のすべてと言われればそんな気もしてしまうが、強いて、どれが一番サヴァシュを刺激したのか、と言われると、ユングヴィにはよくわからない。

「何だったんだろう。私も知りたい」

アフサリーが苦笑する。

「まあ、あまり考え込まなくても大丈夫ですよ。サヴァシュは本来はそこまで器の小さい男ではありませんからね」

「でも確かに、サヴァシュって普段は怒らない人だよね。今日に限ってなんであんなに興奮してたのかな」

「案外ユングヴィやソウェイル殿下の前でかっこつけたかったのかもしれません」

「なにそれ面倒臭い」

「そう言わないでやってください、男なんてそんなものなんです」

昨日の、ウマルと相対していた時を思い出す。サヴァシュは意地の問題に国を賭《か》けるような男だ。そういう点ではサヴァシュとナーヒドはよく似ている。二人とも実利より武人の誇りをとってしまう。競わずに済むのならそれに越したことはないと思っているユングヴィには理解できない。

それにしても、気になる。

「アフサリー」

「はい、何です?」

アフサリーは自分よりはるかに長い時間あの二人を見てきた。

「フェイフュー殿下はああ言ってたけど。アフサリーは、あのまま続けてたら、どっちが勝ってたと思う?」

祈るような気持ちで訊《たず》ねた。

アフサリーは即答した。

「ナーヒドでしょうね」

「えっ、ほんとに?」

「アルヤ一の剣豪と言えばナーヒドだと思います」

苦笑して「でも」と続ける。

「これが剣だからです。弓での勝負ならまた結果が変わることでしょう。もしくは、騎馬での一騎討ちだったらナーヒドが馬上から叩《たた》き落とされて終了でしょうね」

目に浮かぶようだ。

三年前の戦争のことを思い出す。

サヴァシュはひとりだけ敵将を討ち取るほどの活躍を見せたが、冷静に思い返すと彼は神剣をほとんど使っていなかった。より得意な得物で戦った結果かもしれない。

「もしも自分が戦場で孤立した時、どちらかしか呼べないとしたら、どちらに助けに来てほしいですか？」

ユングヴィの答えは決まっている。雑兵には目もくれずあっと言う間に駆けつけてくれるであろうサヴァシュだ。彼は確実に勝てる方法を選ぶはずだ。他方ナーヒドは真面目にひとりひとりの相手をしそうだ。ナーヒドを待っていたら日が暮れてしまう。

「どんな戦場を生き抜いてきたか、得意な戦法が戦場でどう活《い》きるか、総合的に考えたら、ねえ。そんな風に考えていって、最終的に、どちらが十神剣最強の称号を冠するにふさわしいか、となると――ナーヒドにとっては残念ですが」

ユングヴィは胸を撫《な》で下ろした。

そうして、サヴァシュに最強でいてほしいと思っている自分に気づくのだ。

「なあ、アフサリー」

ソウェイルが眉間《みけん》にしわを寄せている。

「なんでアフサリーが止めてくれなかったんだ？　なんであの時ユングヴィを呼んだんだ」

アフサリーが笑いながら答える。

「申し訳ございません。私は荒事が苦手でしてねえ。こういう時はユングヴィのほうがずっと機敏に動けるんですよ。ユングヴィの反射神経は十神剣一ですしねえ」

口では「これだからアルヤ紳士は」と言いつつも、ユングヴィは嬉《うれ》しかった。アフサリーがあてにしてくれている。これからもがんばろうと思ってしまう。

ソウェイルはおもしろくないらしい。

「ユングヴィがけがをしたりしたらどうするんだ。あぶないだろ」

思わず、ユングヴィはソウェイルを抱き締めた。

「だあいじょうぶ、私は頑丈だからね」

ソウェイルが腕の中で首を横に振った。納得がいっていないようだ。だが、ユングヴィはソウェイルが気にかけてくれているということが嬉しい。つい彼の蒼《あお》い髪に頬を寄せた。彼が溜息をついた。

「さて、ユングヴィ。実は私はユングヴィを探していたのですが」

「なになに？　何かあった？」

「この前言っていた飲み会の件です。来週の週末はどうですか？　再来週の頭にエルとバハルが西へ発《た》つそうなので」

「わーい行く行く！　誰が来る？」

「幹事が私で、今のところバハル、エル、ベルカナ、テイムル、それからラームにも声を掛けましたよ」

「本物の酒姫《サーキイ》にお酒を注いでもらえるかもしれないんだ。楽しみ」

「問題はサヴァシュとナーヒドですね、あの二人を一緒にするとまた騒ぎになりかねないので」

「二人とも呼ばなくていいんじゃないかなあ、おいしく飲めないでしょ」

「はっはっは、ユングヴィも言いますねえ」

「やる」

　サヴァシュが何か手の平大のものを放った。それはユングヴィの太腿《ふともも》にぶつかってから布団の上に転がった。

体を起こして手に取る。

硝子《ガラス》製の、平たくて丸い小瓶だった。ユングヴィの手に収まるくらいの大きさで、木のふたで栓をしている。中には乳白色の液状のものが詰まっている。

窓からの朝日に透かしてみようとした。不透明で中身がわからない。

サヴァシュの右手が伸びてきて、ユングヴィの手から小瓶を取り上げた。

木の栓を外して中に指を突っ込む。どうやら半固形状のもののようで、内容物が軟らかく伸びた。

小瓶を布団の上に置くと、サヴァシュはそれをユングヴィの腕に擦り込むように塗り始めた。

「傷痕《きずあと》に効く軟膏《なんこう》らしい。中央市場で見つけた」

ユングヴィは「へえ」と呟《つぶや》いてサヴァシュの手を眺めた。大きな手の皮膚の厚みを感じる。昨夜触れられた時の熱さとは違う、安堵《あんど》をもたらす温かさがある。

「ありがとう。すっかり諦《あきら》めててこういうの使おうなんて考えたこともなかったよ」

それに今は裸でいることに慣れて羞恥心《しゅうちしん》もなくなっていた。当たり前になってしまった。朝の明るい光の中でも隠そうと思わない。焦りもどこか遠くへ行ってしまった。

思えば自分はいつも焦りに囚《とら》われていた気がする。毎日追われるように体を鍛えて動き回って働いていた。今は何に焦っていたのかも思い出せない。どうしてあんな生き方をしていたのだろう。

最近何もかもが穏やかだ。特にサヴァシュといると時の流れが緩やかに感じる。これが彼にとっての時間の感覚なのだろうか。もしもそうだとすれば自分は永遠に彼に敵《かな》わないと思う。根拠はない、理由もないが、何となく、落ち着きのなかった自分では彼に勝てないような気がする。

からだのすべてを委《ゆだ》ねる。

サヴァシュの指が醜く引きつれた傷痕をなぞっていく。それを、ただぼんやりと眺める。

「ほんと、私の肌、ぼろぼろだね」

サヴァシュの指が右の乳房に触れた時、ユングヴィは初めてそんなところにも傷があることに気づいた。

「俺は別にどうでもいいんだが」

傷に軟膏を擦り込みながら言う。

「お前が自分で気にしてるんだと思うと気になる」

「私が何にも言わなかったら気にならなかった？」

「だろうな」

目を細める。

とても、心地良い。気持ちが安らぐ。

どうしてかは、わからない。こんな感覚は生まれて初めてのものだった。

「今日」

サヴァシュが言う。

「夕飯何だ？」

「んー、何にしようかな、何がいい？――ってちょっと待って、何言っちゃってんの、それじゃまるでサヴァシュがうちで食べるの大前提みたいじゃない？」

「あれだあれ、何だったか、挽《ひ》き肉で玉ねぎが入っているやつ――シャーミーだ、シャーミー食いたい」

「当たり前のようにうちで食べるつもりで話を進めないでくれる？　しかも肉団子《シャーミー》どんだけ手間かかると思ってんの、あれ働いてる人が仕事の後に作る料理じゃありませんからね」

「そうか、じゃあ次の休みの時だな。まあ、お前の作るアルヤ料理なら何でもいい」

「だからそうじゃない。最近サヴァシュ毎日うちでご飯食べてない？」

「食費？」

「そういう問題でもない」

思わず自分の頭を掻《か》いた。

「サヴァシュ結婚したら？」

彼に「はあ？」と言われた。すぐさま「だからね」と返した。

「誰か肉団子《シャーミー》作ってくれそうな子お嫁さんにしたら？　昼間もずっとうちにいられる、一日中煮物《ホレシュ》煮込んでられそうな、主婦になってくれるお嫁さん」

「いや、別にそこまでしてアルヤ料理を食いたいわけでは」

「一応将軍なんだから三人や四人養えるでしょ。ご飯も作ってもらえるし夜の相手もしてもらえるし、万々歳でしょ」

ユングヴィは「むしろなんで結婚してないの」と問うた。サヴァシュはやや間を置いてから「結婚しないつもりだった」と答えた。

「アルヤ女とは結婚できないと思っていた。どいつもこいつも気位が高くて、表ではにこにこしているくせに裏では何を言っているかわからなくて、面倒臭いと思っていた」

「女の子ってそういうものなんじゃないの？　私は男所帯に慣れすぎてちょっと麻痺《まひ》してるけど」

「ああ、お前といると楽だ」

「そうじゃない子もいっぱいいると思うよ。でも、うーん、女の子の知り合いぱっと浮かばないから紹介できないや」

他ならぬユングヴィがサヴァシュには家庭をもってほしいと思うのだ。

先日のナーヒドと衝突した時のことをずっと考えていた。

あの時彼があんなに怒ったのは、ナーヒドが銀細工のことに触れたからではないだろうか。

そう言えば、ソウェイルとフェイフューの騒ぎの時も、実家の妹の子供を見るために平原に帰っていたと言っていた。彼は実家の姉妹を大事にしている。それだけ自分の家族を愛せるということではないのか。

今自分に触れている手も優しい。泣きたくなるほどにひどく心地良いのだ。こんな風にどこかよその女の子を慈しめばいい。

「お前は?」

ユングヴィは首を横に振った。

「私は一生結婚しないよ」

「じゃあ俺も一生結婚しない」

「なんでそうなるの」

彼はなぜか不機嫌そうな顔をした。そんな彼を眺めて、ユングヴィは溜息《ためいき》をついた。

「結婚ってさあ、準備がすごい大変なんだよね」

サヴァシュが顔を上げた。

「一生かかるくらいにか？」

「一生は大袈裟《おおげさ》かもしれないけど、普通は、物心がついてからお嫁に行くまでずっと準備にかけるものだよ。三歳とか四歳とか、針と糸の使い方をおぼえてからずっと、お母さんに手伝ってもらいながら自分で花嫁衣装や嫁入り道具を作るものなんだよ」

目が合った。

「私さあ、もともと東部の生まれなんだ」

こんなことをひとに話すのは初めてかもしれない。

「七人兄弟の長女で、弟と妹が全部で六人いてさ。とにかくすごい貧乏だった。いつもお腹すいてた。お母さんを手伝って毎日料理してたけど、自分で作ったもの自分で食べるってのはあんまりなくてさ。ちょっとでも弟たちに食べさせなきゃいけないと思ってて、私いつも我慢してた」

けれどなぜか止められなかった。

「知ってるかなあ、東部ってすごい地震が多いんだよ。私が十二の時、めちゃくちゃ大きな地震が起こって、お父さんと弟たちが死んじゃって……男手がなくなっちゃって、もっと貧乏になっちゃって、それで――」

空っぽになった櫃《ひつ》の中を思い出した。もう泣かないと決めていたのに、目の奥が痛くなってきた。

「お母さん、私の嫁入り道具、全部、売っちゃったんだ。私、ずっと、家事の合間にこつこつ作っていたのに。お母さん、私に黙って全部お金にしちゃったんだよ。私がブスだから結納金じゃ稼げないと思ったみたいで、私じゃなくて物のほうを売った」

　そこで顔を上げた。

「でもいいんだ」

　そう、自分に言い聞かせていた。

「私さ、ちっちゃい頃から男の子みたいで、空いた時間は近所の男の子たちや弟たちと追い掛けっこしてることのほうが多かったくらいだし、同い年の子たちの中でも一番体格が良くて、取っ組み合いの喧嘩《けんか》をしてもぜんぜん負けたことなんてなくてね。でも、妹たちはそうじゃなかった。妹たちまでお嫁に行けなくなっちゃったら可哀想だと思った。一番大きくて強い私がしっかりしなきゃ、って、いろいろ考えて、最終的に、こっそり家を出た。ひとりでエスファーナまで来たんだ。都会だったらこんな私でもできることがあるんじゃないかと思ってた」

「そうだったのか」

「もうほんと、今思えばバカだな、って思うよ。都会に出ても女の子ひとりでできることなんてないもん。読み書きそろばんもできないし、美人でもないしすごく怖かったから売春とかも考えられなくて。それでしばらく地下水路《カナート》で寝起きしてたんだけど、ある時人買いに遭って――でもすごく運が良くてね、白軍の一斉検挙が入って、売られる前に保護されたの。神剣を抜いたのはその直後」

軟膏《なんこう》のふたを閉めつつ、サヴァシュが言った。

「こっちに来てから親と連絡取ったか？」

「いや、まったく。もしかしたら私が将軍になったことも知らないかもしれない」

「お前の親、後悔してるだろうな」

「どうだろう。私がいなくなって、家事や子守の人手が足りなくなった、っていうのは、あるかもしれない。けど、口減らしになったって考えたらよかったんじゃないかな」

不意に抱き締められた。胸と胸が触れ合った。

やめてほしかった。

ぬくもりが優し過ぎて涙があふれてきそうだからだ。

こらえて呟《つぶや》いた。

「妹たち、売られてないといいな。みんな、私とはぜんぜん似てなくて、可愛かったんだよ。ちゃんとお嫁に行って幸せになってほしいな」

「だからってお前が幸せになったらいけないわけじゃないだろ」

「うん、そうかもね。私が私や私の妹たちの親だったら、そんな風に言ったかもしれないね。でも私は無理、考えるのに疲れた。黙ってお世話になった王家のために戦ってればいい。体を動かしてる間は、将来がどうとか、考えられないから」

体が離れた。次の時口づけされた。どうして今、と思ったが、何も言わなかった。心地良かったからだ。やめてほしくなかった。

強いて幸せになろうとなどしなくてもいい。言うなら今が人生で一番幸せだと感じる。すべて彼のおかげだ。

「朝ご飯食べよう。早く支度しないと、ソウェイルが待ってるかもしれない」

サヴァシュにささやいた。サヴァシュも「そうだな」と頷《うなず》いた。


回廊の奥から、ソウェイルが勢いよく駆け出した。

サヴァシュは一瞬だけ振り向いたが、気づかなかったふりをすることにしてすぐに背を向けた。

ソウェイルが勢いを殺すことなく全力でサヴァシュの背中に体当たりをする。サヴァシュは微動だにしない。

「サヴァシュ！」

サヴァシュの背を押す。サヴァシュが涼しい顔で返事をする。

「なんだよ」

「サヴァシュやっぱりユングヴィに何かしただろ!?」

「した」

ソウェイルは息を詰まらせた。蒼《あお》い瞳《ひとみ》を真ん丸にしてサヴァシュを見上げた。そんなソウェイルを見下ろして、サヴァシュがふと笑った。

「って、答えたら、お前、どうする？」

サヴァシュの服の背中を握り締めて、二度三度と首を横に振る。

「どうしよう……考えてなかった……」

「どうするんだよ。俺、ユングヴィに、何かした。ほら、どうにかしてみろよ」

「うう……うう、サヴァシュのいじわる。サヴァシュのそういうところすごいいやだ……」

ソウェイルがあたりを見回す。

「今日はユングヴィ来ないのか？」

サヴァシュが問い返した。

「なんで俺に訊《き》くんだ？」

サヴァシュから手を離して、自分の服の裾《すそ》を握り締めてサヴァシュをにらむ。

「だって、最近、ユングヴィ、サヴァシュにはいろいろしゃべっているみたいだから。

ユングヴィ、サヴァシュのこと、すごく、何というか……、うまく説明できないけど、すごく、何かなんだ」

「お前、本当はわかってるんじゃないのか？」

「何がだよ」

「お前のその蒼い真ん丸のおめめを見ていると、本当は全部お見通しなんだって気がしてくる」

「わかるわけないだろ。ユングヴィは何だってそうだ、こっちからきかないと自分から説明しようとはしないんだ、おれがうまくきけなかったら何にもわからないまんまなんだ。それに、おれ、こんな頭だけど、べつに、まほうが使えるわけじゃないし」

「それもそうだな、悪かった」

サヴァシュはその場で膝《ひざ》をついた。目線がソウェイルに近づいた。

「今日は仕事が休みらしい。朝から中央市場に買い物に出掛けた。午後手が空いたら宮殿に来ると言っていた」

ソウェイルは一度「そうか」と頷いてから、眉根《まゆね》を寄せて「やっぱり知ってるんじゃないか」と怒り出した。サヴァシュはまた笑った。

「今日は肉団子《シャーミー》らしいぞ」

「ほんと？　食べたい！　テイムルにユングヴィの家に行ってもいいかきかないと――

—」

ソウェイルがひとりでまた首を横に振る。

「なんで知ってるんだよ」

「なんでだろうな、なんでだと思う？」

「やっぱり何かしたんだな」

「した。で、どうする？」

唇を引き結んだ。

「……別に、どうもしない」

「本当にか？　お前がどうしても知りたいって言うんなら何したか教えてやるぞ」

「おれ、ユングヴィのことネホリハホリしないんだ。ユングヴィが言いたくないんなら、おれもつっこんできかない。おれが知りたがってるって、心配してるって知ったら、おれがどう思うかばっかり気にして、ユングヴィ、自分のこと、ぜんぜんちゃんとしないから」

一度唇を引き結ぶ。少し間を置いてからふたたびしゃべり出す。

「ユングヴィにはおれのことよりもっと自分の心配をしてほしい。だから、おれは、ユングヴィにはユングヴィの事情っていうのがある、っていうことでいい」

「おお、さすがだな」

「というか、ユングヴィがわざわざおれにナイショにしてることをユングヴィのゆるしなしに勝手にしゃべろうとするなよ」

「ハイ。ゴメンナサイ」

そして、うつむく。

「本当は、本当に、すごい心配なんだ。ユングヴィ、本当にあぶなっかしくて、ほっといたらすぐ何かよくないことやりそうで、おれ、本当にすごくいやなんだ」

服の裾をつかむ手が、白くなる。

「サヴァシュは知らないと思うけど。ユングヴィの体、すごい傷だらけなんだ」

「知ってるけど」

「なんでだよ」

「また後でな。まずはお前の話を続けろ」

「うん……、えーっと。ユングヴィはすぐけがをするんだ、仕事であぶないことばっかりしているから。赤軍はあぶないことばっかり、アルヤ軍で火薬を使うのも赤軍だけだし、エスファーナの治安の悪いところをうろうろするのも赤軍だし、何かあったらすぐ出てかなきゃいけないし、この前おれがサータム人にやられた時だって、あんなふうに人を――」

手が、震える。

「ユングヴィに守ってくれなんて言わなきゃよかった。ユングヴィにはもうあぶないことしてほしくないのに、ユングヴィ、ひょっとして、おれがあぶない目にあうたびにああやってあぶないことするんじゃないのか？」

「そんなこと考えてたのか」

「おれがサヴァシュみたいに強かったらよかったんだけど……、おれが強くなったらユングヴィがあぶないことするの減るんじゃないかと思ったけど、なんかぜんぜん強くなれる気がしなくて……。サヴァシュくらい強かったら……、サヴァシュだったら」

服の裾をつかんでいた手が自分の服から離れた。そうして、サヴァシュの服の袖《そで》をつかんだ。

「お願いだ。何してもいいけど、ユングヴィにあぶないことはさせないでくれ。できれば……、もしもユングヴィがあぶない目にあいそうになったら、ユングヴィのことを助けてほしい。おれの分まで……、今のおれじゃあ何にもできないから」

「ああ」

サヴァシュは笑ったまま、頷いた。

「わかった。約束する」

そうして、ソウェイルの頭を撫《な》でた。

「俺がお前もユングヴィも守ってやる」

ソウェイルが手から力を抜いた。初めて表情を緩めた。

「あいつがお前のために何かと戦わなきゃいけない時が来たら俺が代わりに戦う。この俺が、全力で、お前たちを守る」

「ほんとか？」

「その代わり、お前、俺があいつに何をしようと絶対文句は言うなよ」

「うん、約束！」

「あと、だからと言って強くなろうと思ったことは忘れるなよ。今はいい、俺がここにいる。でも、いつかは俺より強くなるつもりでいろよ」

「わかった。いつか……いつか、なんかすごい遠い先の話の気がするけど」

「当たり前だ、この俺がそう簡単に負けるわけがないだろ。二十年早いな」

「二十年かあ。そのころにはサヴァシュもおじさんになってるはずだから、いけるかもしれない……」

「純粋に自分の力で勝とうと考えるようにしろ、ひとが老けるのを待つんじゃない」

「はあい……」

付け足すように、「あ、あと、もう一個」とソウェイルが言う。

「ユングヴィがいない今のうちに、おれからサヴァシュにもう一個」

「何だ？」

「まだ、本当にできるかどうかわからないから、言わないようにしようと思ってたけど――」

ソウェイルはひとりで頷《うなず》いた。

「おれ、王さまになったら、将軍を辞められるようにしようと思ってる」

サヴァシュが目を丸く見開いた。

「将軍って一回なったら辞められないんだろ？　王さまになったらそこのところ変えたい」

ソウェイルの手は、なおもサヴァシュをつかんでいた。

「将軍になって、チュルカ平原に自由に帰れなくてきゅうくつな思いしてない？　おれはサヴァシュにずっとこの国にいてもらっておれやユングヴィのために戦ってくれたら安心するけど、じゃあ、サヴァシュはどこで安心するんだろう。おうち帰りたくないか？　おれは毎日ユングヴィの家に帰りたいって思ってるけど、サヴァシュはそうじゃない？」

「お前……、本当は本当に何もかもわかってるんじゃないだろうな」

「ううん、何にもわからないけど、でもずっと考えてたんだ、この国がどんな風になったらサヴァシュにとっていごこちが良くなるかな、って」

「そうか」

「あんまりきゅうくつだったら、むりして将軍をしてもらわなくてもいいな、って思った。おれは別に将軍だからサヴァシュが好きなわけじゃあない」

「そうか……」

「サヴァシュが好きな時に好きなところへ行けるようなアルヤ王国だったらいい。帝国に行ってもいい、平原に帰ってもいい。ただ、アルヤ王国に戻ってきたいと思ってほしい。おれはずっと王国でサヴァシュが王国を選んでくれるのを待つ」

腕が伸びた。強い力で抱き締められた。

「王になれソウェイル。お前を王にするためだったら俺は本気で戦える」

ソウェイルは驚いたようだった。だが、次の時には満足した顔で頷いていた。

「あ、でも、約束は約束だからな。将軍は辞めてもいいけど、ユングヴィの世話はやめたら怒るからな」


外は秋の気配を感じないほど日差しが照っていたのに対して、霊廟《れいびょう》の中はひんやりとしていた。

ベルカナは安堵《あんど》して息を吐いた。これでカノも暑いとは言わなくなるだろう。

今日、ベルカナはカノに黒一色の衣装を着せた。砂漠の女性が日除《よ》けとして着る衣装である。大きな一枚布で作られていて、頭の先から足首あたりまで全身をすっぽりと覆う。着るというよりは普段着の上にかぶせるといったほうが近い。

カノは嫌がって脱ぎたいと喚《わめ》いた。暑いし動きにくいと言う。まして流行《はや》りではない。仕事に生きる最近の女性たちからは、サータム砂漠から輸入された女性を束縛する文化の象徴として批判されている。

しかしベルカナはそんなカノを許さなかった。市井では今でもしょっちゅう見掛ける恰好《かっこう》だ。それに、悪いことばかりではない。これはアルヤ高原の激しい日差しから女の肌を守ってくれる鎧《よろい》だ。

今日はベルカナもこの一枚布をまとった。衣擦《きぬず》れを感じながらここまで歩いた。文句を言うカノに対して、ベルカナはこの一枚布を着られて良かったと思っている。将軍であることを隠すことができるからだ。

面が割れていると何かと面倒なことが起こる。

ベルカナは将軍になる前も踊り子だった。だから国で一番の売春婦扱いをされることに抵抗はない。しかしそのせいで卑猥《ひわい》な言葉を投げかけられたり関係を持ちかけられたりする時がある。杏《あんず》将軍特有のことで、他の将軍たちはもっと丁重に扱われているので、特にテイムルやナーヒドはまさか軍神であるはずのベルカナがそういう苦労をしているとは知るまい。

九歳のカノの前でもそういう態度を取る人間がいないとは限らない。カノと一緒の時くらいは貞淑なアルヤ婦人のふりをしていたかった。カノの手本になりたい。

それに、この子と二人きりでいるところをひとに見られたくなかった。特別な間柄であることを勘繰られたくなかった。

廟の周りでは散策する人を見掛けたが、祭壇の前には誰もいなかった。

カノがひざまずいた。

「カノが来たよ、お父ちゃん。あんまりまめに来れなくてごめんね」

持ってきた花や菓子を並べつつ、ベルカナは目を細めた。

「さ、チャンダンに最近のことを報告して」

「うん」

カノが神妙な面持ちでまぶたを下ろす。ベルカナも肩の力を抜きながらカノの隣に膝《ひざ》をついた。

目を閉じる。

歴代の橙《だいだい》将軍たちはきっと自分たちのこの後継者を心配しているだろう。何せカノより少し先輩のユングヴィがあの調子だ。

ユングヴィは、将軍であろうとするあまりか、女性であることを放棄しているように見えた。最近はソウェイルを宮殿に帰して肩の荷が下りたのか、少し雰囲気が変わったような気もする。それでも、男の恰好をして忙《せわ》しなく動き回っていることに変わりはない。

カノにはああなってほしくない。

それもこれも全部自分の教育にかかっているのだ。

自分には彼女を教育する義務がある。同時に、あってほしいと思う自分もいる。彼女について親らしく振る舞いたい、という願望を胸に秘めている。

ベルカナが目を開けても、カノはまだ祈りを捧《ささ》げていた。表情は真剣そのものだ。邪魔をするのは気が引けて、しばらく黙って待つことにした。

どれくらいした頃であろうか、カノがぱちりと目を開ける。濃い睫毛《まつげ》の密集したまぶたを瞬かせながらベルカナを見る。

「終わった？」

「待ってた？　ごめん」

「いーええ、たっぷりお話ししてあげてちょうだい。チャンダンもきっと喜んでるわ」

「そうかなあ？　ていうか、お父ちゃんほんとにここにいるのかなあ」

カノが呟《つぶや》くようにぼそぼそと言う。

「お父ちゃん、いつもすごい適当だったからさ。橙将軍は死んだらここって決まってるって言っても、聞いてなかったごめんごめん、みたいなノリでふらふらしてそうなんだよねえ」

「そうね、確かに、チャンダンはそういう奴だったわね。でも、ま、可愛いひとり娘に会えると思ったらなんとかするんじゃないの」

人の声が近づいてきた。参拝客だろう。ここは誰にでも開かれている霊廟だ。軍神にあやかりたい者はみんな気軽に入れる。

カノと二人きりの時間を邪魔されたくない。

「行きましょうか」

外へ出ようと促した。カノが頷いて立ち上がった。

二人連れ立って祭壇を離れる。

ふたたび外の日差しの下に出る。カノが「暑い！」と文句を言う。

「ずいぶん長いことお祈りしてたみたいだけど」

展望台のほうへ向かいながら訊《たず》ねた。

「チャンダンに何お話ししてたの？」

途端、カノが頬を赤く染めた。

「だれにも言わないでくれる？」

「ええ、内緒よ」

「カノがおよめに行ってもお父ちゃん文句言わないでね、って」

　ベルカナは笑ってしまった。カノが「なんで笑うのよーっ」と怒ったので一応「ごめんなさい」と言ったが、九歳のカノがそんなことを言うとは、と思うと、可愛くていじらしくて仕方がないのだ。

「フェイフュー殿下？」

「悪い？」

　カノが不機嫌そうな表情をする。ベルカナはなんとか笑いをこらえた。

「フェイフューってすごいのよ？　サータム語も大華《たいか》語もできるし、さいきん宮殿に来る貴族の子たちの間で一番剣術が強くってね。しょーらいゆーぼーでしょ」

「どこでそういう言葉をおぼえてくるの」

「それにカノが宮殿にいる時はおかしも用意してくれるしね、宮殿の中を案内してくれて一緒に塔の上にのぼったりとかしたのよ」

「それはそれは、困った王子様ね。将来きっとそうやって大勢の女の子をたらし込むようになるのよ」

「もーっ、なんでそういうこと言うのー？　カノだってカノが特別なんだと思いたいでしょー」

「そうね、そうよね、お姫様の気分、味わってみたいわよねえ」

「ちょっと、真剣に聞いてる？　カノのことバカにしてない？」

「してないわよ、怒らないでちょうだい」

王族のフェイフューは自由に結婚できないはずだ。この二人が結ばれる可能性は限りなく低い。けれど、カノがいつ誰と恋愛してもベルカナは応援するつもりだ。

今のうちに好きなだけ恋をすればいい。いつか現実を見なければならない日が来る。それまでは自由でいてほしい。

もっと言えば、できることなら夢から覚めないでほしい。杏将軍以外の女性将軍は結婚してはいけないとは定められていない。いつか想いを叶《かな》える日が来てくれることを祈る。

「カノちゃんはいつもフェイフュー殿下と遊んでるのかしら」

「フェイフューと、ソウェイルと、三人で。テイムルが見てることも多いけど、きほん三人で遊んでるよ」

「ソウェイル殿下はどう？　ソウェイル殿下は男性として魅力的でない？」

「ない」

「あら一刀両断」

「だってソウェイルつまんないいんだもん。なにきいてもすぐわかんないとかむりとか言うんだよ？　フェイフューはいっしょにいて楽しいよ、おもしろいこといっぱい言うの。ソウェイルの分までフェイフューがしゃべってるんだよ」

「それはそれで困ったわね」

『蒼《あお》き太陽』はソウェイルのほうだ。すぐそばにいる上にまだ子供のカノにはわからないようだが、より王位に近いのはソウェイルのほうである。

ベルカナは、今のアルヤ国に必要なのは、サータム帝国に打ち勝てる力強い指導者だ、と思っている。その点、神聖な蒼い髪をしたソウェイルは、アルヤ民族統合の象徴としてわかりやすいはずだ。それがこんな風に言われてしまうというのは、なんとも心もとない。とはいえ、聡明《そうめい》で勝ち気なフェイフューのほうが力強く見えるのもわかる。

カノが大人になる頃、この国は荒れるかもしれない。

今のうちになんとかしておかなければならない。何事もなくソウェイルが王位について争いに発展することのないよう、なんとか今から手を回しておくしかない。

「もうちょっとソウェイル殿下に手を割ける大人がいればいいんだけれどね」

ふと漏らしてから、カノの顔を見て、思い出した。

「そう言えばカノちゃん、最近サヴァシュと会ってしゃべった？」

カノが首を横に振る。

「テイムルが、サヴァシュがソウェイル殿下に剣術を教えているらしいとかなんとか、言っていたような」

「あ、それカノも聞いたよ」

「聞いただけ？　参加はしてないのかしら」

「ソウェイルは何にも言わないのよ、きょうみあるからさそってって言ったのにさ」

口を尖《とが》らせてぼやく。

「いいなあ、カノもサヴァシュに遊んでもらいたい。カノがちっちゃい頃はよく遊んでくれてたのになあ。将軍になって南にひっこしてからぜんぜん遊べなくなっちゃった」

「あら、おぼえてるのね」

「わすれるわけないでしょ、毎日あのおっきい黒い馬で川まで連れてってもらったの、カノはほんとうれしかったんだから」

思えばベルカナがカノを産んだ時、手放しで祝福してくれたのはサヴァシュだけだった。それを思い出すたび、ベルカナは、サヴァシュだけは何があっても裏切れない、と思う。

国で一番の売春婦が産んだ子供を、アルヤ人である他の将軍たちは祝福してくれなかった。

ベルカナは、杏将軍としての掟《おきて》を破ってチャンダンを誘惑したふしだらな女として糾弾された日のことを、いつまでもおぼえている。

杏将軍が特定の男を想ったり愛したりしてはいけない。

あれから九年が過ぎた。チャンダンの後を継いで将軍になったカノに忌まわしい出生の秘密について話す者はない。娼婦《しょうふ》でない女将軍はそういう風に扱ってもらえるのか、と思うと、少しだけ慰められる。

「サヴァシュはね、毎日ふらふらふらふらふらしてるからだめ」

「そうね、あの子が決まった時刻に決まった場所にいてくれるっていうんならそこに王子様がたお二人とカノちゃんをぶち込むのにね。今度ちゃんと話をしてみようかしら」

展望台にたどりついた。

煉瓦《れんが》造りの低い壁の向こうにエスファーナの街並みが見えた。街の中央で輝く蒼宮殿、その東側の複雑に入り組んだ旧市街、西側の新市街にある豪奢《ごうしゃ》な邸宅の数々、そして街全体の外側、南のほうを東から西へ流れていくザーヤンド川――砂漠に咲く一輪の薔薇《ばら》、永遠の都エスファーナだ。

「――いいなあ」

カノが呟《つぶや》く。

「カノもエスファーナにもどってきたいなあ。そしたら、フェイフューとも、ソウェイルとも、サヴァシュとも、一緒にいられるのに」

風と風の合間に「ベルカナとも」と言う声が聞こえた。

「カノ、ベルカナがお母さんだったらよかったな」

その声が風に掻《か》き消される。

「カノのお母さん、今、どこで何してるのかなあ。お父ちゃん、なんでカノにお母さんのこと話してくれなかったんだろ。カノ、お母さんが一緒に南部に来てくれるなら、エスファーナにいられなくてもがまんするのになあ」

こらえきれなくなって腕を伸ばした。カノの華奢《きゃしゃ》な体を強く抱き締めた。

「ごめんなさい」

カノが目を丸くして首を傾げる。

「ベルカナ？」

「ごめんなさいね、カノちゃん。ごめんなさい」

それでも、生粋のアルヤ人であるベルカナには、掟に背くことはできない。今のベルカナにできることといったら、軍神の立場からこの国を良くする方法を考えることだけだ。

それが、最愛のひとり娘のカノを守る唯一の手段だ。

「どうしたの？　なんでベルカナがあやまるの？　ベルカナ……、何か、かなしいことがあったの？　ねえ……」


ウマルは通信兵から受け取った紙片を読んで溜息《ためいき》をついた。帝都から伝書鳩で届けられた最新情報だったが、そこにウマルが見聞きしたい話題はなかった。

『下がってよろしい』

サータム語で命じる。通信兵が軽く礼をしてから部屋を出ていく。

窓から遠く川のほうを見やる。奇跡の川ザーヤンド——エスファーナを流れる、砂漠に端を発し砂漠に消える不思議な川だ。けれどこの川は確実にこの巨大な都エスファーナを潤している。

ザーヤンドはこの国の王族に似ている、とウマルは思う。

アルヤ民族は長い歴史をもつ。アルヤ人たち自身はアルヤ二千年の歴史と言うが、実際この世に文字というものが誕生した頃からザーヤンドのほとりにはアルヤ人の祖先にあたる人々が定住していたらしく、文明の痕跡《こんせき》がたくさん残されていた。

だが、今の王家は二百年ほど前に現れた出自不明の蒼い髪の青年が興したものだ。

その青年の前半生はようとして知れない。死亡した経緯も明らかにはされていない。いつの間にか現れ、いつの間にか没した、魔法のような王なのだ。

アルヤ人たちはこの青年を熱狂的に支持している。

サータム帝国からの独立を果たして、アルヤ民族の国家であるアルヤ王国を復活させた王だったからだ。

アルヤ人たちは信じている。蒼い髪の王子が王になれば必ずサータム人を駆逐して誇り高き悠久のアルヤ王国を取り戻させてくれる――彼らはそう頑《かたく》なに信じている。

妄信は人から正常な判断能力を奪う。

アルヤほど大規模な国ならある程度の中央集権は必要だろう。しかし、一極に集中しすぎればいつか均衡を崩して破綻《はたん》する。けれどアルヤ人たちは気づくまい。それが正義であり真実なのだと信じて疑わないからだ。

それではまずい。

ましてそれが大陸の和を害するならなおさらだ。

アルヤ人は啓《ひら》かれなければならない。そして、その導き手は隣人として長らく競い合い争い合ってきたサータム帝国でなければならない。アルヤ人はその長い歴史の中で侮ってきたサータム人を受け入れることによってまことの平和を得るだろう。そうすることで、両者はとこしえに手を取り合い東大陸西方の覇を分かち合うのだ。

それを解しない人間は砂漠の砂粒の数ほどいる。当のアルヤ人たちしかり、東大陸東方の覇者である大華《たいか》帝国や北方の新興国であるノーヴァヤ・ロジーナ帝国しかり、そして――サータム本国の主戦派しかり、だ。

ウマルの手元にある紙片は、サータム本国の世論がアルヤの完全なる武力制圧に傾いていることを報じていた。そして、十年計画で新アルヤ王国を育てようとしているウマルの気の長さに他ならぬ皇帝が難色を示し始めたことも、併せて記されていた。

ウマルはひとり自室を出た。

双子に会いに行こうと思った。

アルヤの双子の王子たちは希望だ。

アルヤ国にとってだけの希望ではない。東大陸の希望だ。

経済的に豊かであり、地理的にも有利で、文化的にも影響力の強いアルヤだ。そんな国が新しい開明的な指導者を得て違う道を歩み始めた時、世界はきっと変わるだろう。

けれど今は早い。二人はほんの九歳だ。しかも、ソウェイルは気が弱すぎて判断力に欠けるし、フェイフューは気が強すぎて己を過信するきらいがある。とはいえ二人ともまだまだ矯正が利く年齢だ。未来は明るい。

回廊を歩いた。宮殿の中を流れる小川が目に心地良い。エスファーナの風は程よく湿っていて涼やかだ。

正直なことを言えば、ウマルは王になれないほうを本国へ逃がせないか考え始めていた。

どちらでもよい。ウマルとしてはもはやどちらが王になってもよいのだ。

ただ、あぶれた片割れを死なせてしまうのが惜しい。ソウェイルは本国に住むアルヤ系サータム人たちの団結の象徴となるだろうし、フェイフューは出自に関係なく己の力で自分の道を切り開いていくことだろう。

どうにかできないものだろうか。

これだから甘いと言われてしまうのだろう。

二人の顔を見よう。二人とも本質的にはいい子だ。二人を眺めて心を和ませるのだ。

どちらでもよい。大陸の平和に必要なのは王になってからの話だ。どちらが王になったとしても、自分が導いてやれれば――

足音が聞こえてきた。

嫌な気配を感じて立ち止まった。

殺気だ。

腰の短剣《ジャンビーヤ》に手をやりながら振り向いた。

その瞬間、独特の色をした刃がひらめいた。

腹部に衝撃が走った。

声を発する間もなかった。

目を見開いて腹部を見た。

腹に刃がめり込み、赤い液体が白い貫頭衣《カンドゥーラ》ににじみ出していた。

目の前がゆがんだ。

こんなことをしている場合ではないのだ。アルヤ人とサータム人は相争っている場合ではない。大陸の和のために手を取り合わなければならない。

それなのに、なぜ、伝わらないのだろう。

「どうして、君が――」

刃が引き抜かれた。そして袈裟《けさ》懸けに胸を斬られた。

前に倒れた。

背中にまた刃が突き立てられたのを感じた。重い衝撃が全身を貫く。

手を伸ばした。

すぐそこにアルヤ民族とサータム民族の希望があるはずだった。

サータムの神が望まないのか、それともアルヤの神が望まないのか、ウマルにはわからなかった。

今のウマルにも確かに言えることがあるとしたら、ただ、ひとつだけ――

「まだ――」

物事を前に進めるには早すぎる。

しかし、世界は闇に閉ざされた。

第４章　翡翠色の蝶の独白

夏の間は灼熱《しゃくねつ》の太陽にやかれ死に絶えていた花々が、少しずつ息を吹き返し始めていた。秋だ。この国はまた薔薇《ばら》の咲き誇るこの世の楽園と化す。

しかしエルナーズの心は浮かない。

冬になれば自分は十八歳になる。

時の流れはどうあがいても止まらない。背は伸びたし、声は低くなったし、体毛は濃くなる一方だ。いくら丁寧に肌を手入れしたところで、この先自分が西部一の美少年と謳《うた》われていた頃に戻ることはない。

人生はどれほど多くのことを諦《あきら》めれば楽になるのかと、エルナーズは思う。この世は何ひとつエルナーズの思うとおりにならない。

柔らかな布団の上に身を横たえ、滑らかな絹の敷布に包まれた状態で、ぼんやりと天井を眺める。花の香りがする。百合《ゆり》に似ている。

いい部屋に泊まることができても、いい男を連れ込めるわけではない。

実におもしろくない。

それなら自分から出掛けようかと、エルナーズは体を起こした。

なんとかして護衛たちの目を盗むことはできないだろうか。これほどの規模の隊商《キャラバン》宿《サライ》がある街なので、人ごみに紛れて消えてしまうこともできなくはないはずだ。

何が軍神だ。アルヤ民族の信仰、アルヤ民族の希望、アルヤ民族の象徴――そんなおきれいなものなどエルナーズはもううんざりだ。

かつて味わった享楽の日々に帰りたい。

立ち上がった、その時だ。

戸を叩《たた》かれる音がした。

直後、能天気な男の声が聞こえてきた。

「エルちゃま、もう寝ちゃった？　おにーさんとあーそーぼー」

思わず苦笑する。

「起きてるわ。お入り」

投げ掛けると戸が開いた。

顔を見せたのは案の定バハルだ。砂漠風の体を締めつける部分がない服を着ている。左手には酒杯が二つ、その手首には紐《ひも》でくくられた酒瓶がぶら下がっていた。

エルナーズは彼が嫌いではなかった。ひとびとの規範にならない軍神には好感が持てる。全体的に締まりがないので恋の相手としては不足だが、こうして一緒に酒を飲むくらいなら歓迎できる男だ。

「ちょっぴりおしゃべりしようぜ」

外に遊びに行く機会は一回減る。けれど、エスファーナから西部の州都タウリスまではまだまだ長い道のりだ。ひと晩くらいは宿でおとなしくバハルと語らうのも悪くない。

「ちょっとだけやで」

「ひっひっひ、ありがとうございます。エルちゃまと二人きりなんてほんと光栄です」

バハルが床の絨毯《じゅうたん》の上に腰を下ろした。エルナーズもそれに続いた。

エルナーズの前に酒杯が置かれる。バハルがそれに酒瓶の口を傾ける。乳白色の液体が甘い香りを漂わせながら酒杯を満たした。

酒瓶を、バハルが床に置くや否やエルナーズが手に取る。同じようにバハルの酒杯に注ぐ。バハルが「どうも」と機嫌の良さそうな声で言う。

「酒姫《サーキイ》ほどにはうまくできませんけど」

「エルほどの美男に注いでもらって嬉《うれ》しくない男なんかこの世に存在しませんから」

「またまた。俺はもうとうがたってもうたわ。これからはラームティン様の時代や」

「おっと、エルちゃま的にはラームの存在がおもしろくないと見たぞ」

やんわり笑って酒を呷《あお》ったエルナーズに、バハルがすがりついた。

「いいだろ、俺そういう話聞きたい。せっかく二人きりなんだし、普段地方住まいのもん同士、中央六部隊の悪口言おうぜ」

「何それ」

「真面目な話、地方四部隊ってなかなか会えないだろ？　今回はたまたまこういうことになったけど、次はいつ東から出れるかわからないからな。今のうちに交流させてくれよ」

バハルは西部の農民出身らしい。十三歳で村を出て翠《すい》軍兵士になり、八年前時の翠《すい》将軍の護衛の任務でエスファーナに赴いた際に黄の神剣を抜いてしまったのだそうだ。以来東部に拘束されていて、実家に帰省できるのは毎年数日だけだという。

「将軍って死ぬまで将軍でいなきゃならないんだぜ。どうせだったら仲良くしておきたいだろ。ナーヒドとサヴァシュなんか見てみろよ、どっちかが死ぬまであああは疲れるわ」

普段は調子の良いことばかり言っておきながら、たまにこうして現実的なことを言うバハルが好きだ。彼はいつもあえて陽気な性格を演じているのではないか。そんな風に勘繰っている時、エルナーズは自分が生き生きしているのを感じる。ごちゃごちゃした人間関係ほどおいしいものはない。

「ナーヒドとサヴァシュはな、今回仕事と関係あらへんとこで別々に会えておもろかったな。その点ラームには感謝せな」

エルナーズとバハルが西部へ発《た》つ数日前のことである。

アフサリーとベルカナが飲み会を企画してくれた。

参加対象者は当初十神剣の全員のつもりだったが、ナーヒドとサヴァシュは一緒にするとまた揉《も》め事に発展しかねない。どちらかだけ呼ぶか、あるいはどちらとも呼ばないか、ちょっとした議論になった。

そこでラームテインが一計を案じた。

まず、必ず時間どおりに現れて規則正しい生活を守るために深酒を避けるであろうナーヒドを先に呼ぶ。この時ナーヒドに細かいことは伝えない。ナーヒドが裏事情を知ると面倒なことになる可能性が高いからだ。

サヴァシュには、包み隠さず、早く来るとナーヒドがいるからあえて遅れてやって来るように、と言う。サヴァシュは時間こそ守らないが話は通じる男だ。こうやって言っておけばナーヒド本人に余計なことは言うまい。

はたしてラームテインの計算どおりになった。

時間より少し早く会場に来たナーヒドは、何事もなく飲み食いして、ベルカナがカノを寝かしつけるために中座した時一緒に出ていってそのまま帰宅した。

それから少し間を置いてのんびりと現れたサヴァシュは、カノとナーヒド以外の残っていた全員と談笑して、呑気《のんき》に夜明けを迎えた。

「あれは普段からああいう小細工ばっかり考えてるからできるんやろ」

バハルは大きく頷《うなず》いた。

「よくひとを見てるんだなーと思ったわ。だってラームが将軍になってまだ、何ヵ月？　三ヵ月くらいしか経ってなくない？　それでここまで十神剣の性格把握してんのがヤバい」

「ほんま頭のええ子やな。うかうかしてられへんわ」

「喧嘩《けんか》はするなよ。どんな美少年が入ってきたところでエルが俺たちのエルなのに変わりはないからな」

エルナーズはそれをわらった。自分が彼らのエルナーズだった記憶がないからだ。

結局のところバハルも十神剣は皆兄弟だとか言ってしまう人間なのである。幸せな奴だと思う。

ラームテインは美しい。白い肌はなめらかで触り心地が良さそうだ。緩い弧を描く褐色《かちいろ》の髪も艶《つや》やかで、薔薇《ばら》の花のような香りがする。成長期の少年特有の華奢《きゃしゃ》な体軀《たいく》で、手足は長く、かたい肉は一切ついていない。

何もかもエルナーズがあのくらいの年にもっていたもので、今は失ったものだ。

それでいてあの機転と知識量では敵《かな》うはずもない。そんな相手に張り合ったところで無駄だ。エルナーズはそんな愚かな真似はしない。余計なことはしないに限る。

「ナーヒドはね、ほんまにお育ちの良いお坊ちゃんなんやわ、って思った」

私服のナーヒドは仕事中の普段からは想像できないほど穏やかであった。食事中はけして声を荒らげず、終始誰かの話に相槌《あいづち》を打っていたように思う。おっとりとした貴族の青年そのものであった。

「あの違いすごいよなあ。普段いかに気を張ってるかだよな、って思うと、俺、ちょっと申し訳なく思ったりもした」

エルナーズは肩をすくめた。

「仕事中もずっとあれやとみんなにナメられてまうから正解やないの」

「確かに。サヴァシュなんかあっと言う間に馬鹿にし始めそう」

ナーヒドが声を大きくしたのは、唯一、カノが料理を手にしたまま歩き回り始めた時だけだ。あの場にはそれくらいしか彼の世界の道徳に反するものはなかった。そしてそれは行儀作法のしつけの範囲内のものとして多くの人に認められる行為だろう。

「きっと純粋なんやわ。彼はね、世界は正義と悪にきっぱり分けられるって信じてるんやろ」

「なるほどなるほど、言われてみればそんな気もする。正義じゃないことを認めずにいたら何もかも認められなくなっていったってわけだ」

「あれは誰かに悪いことを良いことやと教え込まれたら一気に暴走するに違いあらへん、転落した時が見物やで」

「やだ、エルちゃま怖いこと言うなよ」

「悪いこと教えたいわ。そういう意味では食べてみたいけど何かと面倒臭そうやん？見返りがあるっていう確たる何かがなかったらちょっと」

息を吐いてから「それに比べるとね」と付け足すように言う。

「サヴァシュとはこちらからお願いしてでも一回寝てみたいんやけど、今回もだめやったわ」

バハルが「おやおや？」とつっこんでくる。

「サヴァシュに気があるの」

「そそられないわけないやろ。アルヤ王国最強の男やで、一回くらい抱かれてみたいと思うやろ」

「そんなもん？」

しかし彼はまたうまくかわしていくのだ。普段からあんな態度なので、多少のことはどうせサヴァシュだからで許してしまうところもある。加えて最低限のことはわきまえているということか、彼はこういう話題の時は禍根が残らないようのらりくらりとかわすすべも身につけていた。だがそうであればなおのこと味わってみたいと思ってしまうものだ。

「俺もともとチュルカ人大好きなん。アルヤ男とは体力が違うからな、その気になれば朝まで楽しめるんや。遊び相手としては最高やな」

「うわあ、エルちゃまこわい」

「ええわあ、アルヤ王国最強という響き、筋骨たくましい体格、お金貯め込んでそうな感じ。どこをとってもおいしい。これがときめきかな？」

「絶対違うと思う」

そして、思うのだ。

「ベルカナが言い掛けたの、何やったんやろうね」

ナーヒドが出ていった後、サヴァシュが来るまでの間のことだ。

カノを宮殿の宿泊場所に送ってから戻ってきたベルカナに、ユングヴィが問い掛けたのである。ナーヒドとサヴァシュはこれでもかというほど仲が悪いが、いつ何があってあそこまで関係がこじれたのか、ベルカナは知っているのか。

ベルカナは答えにくそうな顔をしながらも語り始めた。

もともと相性はあまり良くなかった。最初からぎこちない雰囲気ではあった。けれど、当初はナーヒドのほうが譲歩してサヴァシュに語り掛けていた。ナーヒドの父親である先代の蒼《そう》将軍が年の近い者同士で仲を深めておくようにと言ったからだ。

しかし当時のサヴァシュはアルヤ語がわからず、言葉だけでは会話ができなかった。

「あの二人年はいくつやったかな」

「今は、ナーヒドが二十六、サヴァシュが二十七。一個違い。サヴァシュが神剣抜いたのが確か今から十二年前って言ってたから、当時は十四と十五か」

ある時事件が起こった。サヴァシュがナーヒドの顔面を思い切り殴った。サヴァシュを兄だと言ってくっついていたナーヒドの態度が一変して今の状態になった。

積もり積もったものもあったのだろうが、直接原因になったのは——

というくだりで狙ったかのようにサヴァシュ本人が現れた。話が途切れてしまった。

悔しがった一同を眺めて、サヴァシュが笑って俺の悪口でも言っていたのかと察しの良い一言を放つ。あの笑顔の憎らしさといったらこの上ない。彼はいつからあんなに流暢《りゅうちょう》なアルヤ語をしゃべっているのだろう。

「北と南も帰っちゃっただろ？　今頃中央六部隊だけ残されて殺伐としてるんだろうな、と思うと、出てこれてよかったな。板挟みになってるユングヴィはちょっと可哀想だけどな」

「どうやろうね」

エルナーズは一口酒を含んだ。

「ユングヴィ、案外うまくやってると思うわ。あのひとああ見えて結構やるで」

「そう？」

　バハルが首を傾げる。

「まあでも、エルがそう言うんならそうなのかもな」

「どういう意味」

「エルとユングヴィって仲良しだろ」

「そうとは限らへん」

「ほう」

「俺はユングヴィのあの、私バカだから、っていう口癖めっちゃ嫌いなん」

「へえ」

「ユングヴィの全部が全部嫌いなわけやないんやけどね。十神剣の中では一番きょうだいって感じがするし、お姉さんがいはったらきっとこんなんやったんやろうな、って」

　エルナーズは苦笑した。

「せやから余計、自衛のために線ひいてるんやな、っていうのが見えてもうてな。バカならゆるされると思わんといてくれるか、って。だいたいあのひと何をもって自分のことをバカって言《ゆ》うたはるんか。学校に行ったことがなくて一般教養がわからないのがバカやったら、同じような知的水準の俺もバカなんや。あんたそういうことまで考えて言うたはるのって言うてやりたくなる。そうやって逃げてきたツケを払《はろ》うて一回痛い目見ればええわ、って俺は思ってまうんよ」

その時だった。

戸を叩《たた》く音が聞こえてきた。

「エルナーズ将軍」

翠軍の兵士だろう。

舌打ちをしたエルナーズに、バハルが「相手してやって」と言う。

「どうぞ、起きてますけど」

入ってきたのはエルナーズと同じか少し上くらいの年若い青年であった。翠軍の明るい青色の制服を真面目に着込んでいる。

青年は部屋の中に踏み込んでから目を丸くして動きを止めた。その目はバハルを見ていた。

エルナーズは笑った。

「大丈夫やで、バハルとはいかがわしいことをする仲やないから」

青年が「申し訳ございません」とかしこまってひざまずく。バハルが頬を引きつらせる。

「ちょっとエルちゃま、普段の行いが悪すぎるんじゃない？」

エルナーズは鼻で笑った。翠軍にとっては自分が部屋に男を連れ込むなど日常茶飯事だ。誰かと二人きりでいたらまずそういう行為を連想する彼らは間違っていない。いつものことだ。

エルナーズからすれば将軍になる以前から当たり前だった行為に対して、彼らはいつもこんな風に身構える。

将軍のそば近くに控えるような貴族出身の上級兵士たちの世界はとてもきれいだ。

「何の用？　さっさと済ませて出てってくれはらへん？」

エルナーズが言うと、青年はまた「申し訳ございません」と言いながら一通の文を差し出した。

「テイムル将軍から急ぎの文にございます」

エルナーズとバハルが顔を見合わせた。

「こんな夜中に？」

すると青年はこんなことを口にした。

「副長が、どうしても、エルナーズ将軍にお考えいただきたいとのこと」

エルナーズは眉《まゆ》をひそめた。

「昼も夜も軍のことを考えなあかんのやね」

青年は何も言わなかった。

「確かに、俺、普段は軍のこと何にも考えてへんけど。自覚のない将軍でえろう申し訳あらへんわ」

バハルが「まあまあ」と間に入ってくる。

「いいだろ、起きてたんだから。それに副長判断ってことはよっぽど大事な用件なんだろ」

「俺のとこには来はってバハルのとこには来はらへんのやねえ」

「テイムルは俺とエルが今一緒にいるの知ってるんだから、エル宛《あて》に出せば伝わるかもしれないって思ってるのかもしれないぜ」

これ以上駄々をこねても時間を浪費するだけだ。青年の手から文を取って広げた。

書かれていたのは簡潔でわかりやすい文章だった。

エルナーズはこんな時も苛立《いらだ》ちを覚える。

テイムルは知っているのだ。

学校に通ったことのない、将軍になってから間に合わせで文字教育を受けたエルナーズは、今でも読み書きを不得手としている。それで気を遣ってわかりやすい文章を書いてくる。相手がナーヒドやラームテインだったらもっと格調高い詩的な文面だったに違いない。

そういうテイムルの優しさにエルナーズは腹が立つ。

「ウマル総督がいなくなった？」

バハルが顔をしかめて手元を覗《のぞ》き込んできた。

「なんだって？」

「なんか、行方不明らしいわ。急に宮殿から消えはったとか」

「貸してくれる？」

エルナーズは何ということなくバハルに文を差し出した。バハルが広げ直して沈黙する。

「それが、なんなん？　なんでそんなことわざわざ急ぎで。白軍《しろ》が捜してるんやろ、俺にはいっこも関係あらへん」

「おい、まずいだろ。いつの話だ？　続報はないのか」

青年が首《こうべ》を垂れて「まだ」と答える。バハルが「うーん」と唸《うな》る。

話の流れから置いていかれている感じがした。エルナーズは不快感を覚えてバハルに問い掛けた。

「俺にも何か関係あるんやろか」

「ありまくりだろ」

バハルはいつになく真面目な顔で答えた。

「総督失踪《しっそう》が誘拐だったり、ましてや殺されていたりしてみろよ。アルヤ国でサータム帝国代表者の身に危害が加えられたとなったら、帝国にはアルヤ国に攻め込む口実ができる」

そこまで説明されてようやく、エルナーズは、頷《うなず》いた。

「アルヤ高原の西側にある帝国と戦争になった時、真っ先に戦場になるのは――あとは、さすがにわかるよな？」

西部の州都タウリスは三重の城壁に囲まれた城塞《じょうさい》都市だ。千年以上も昔からアルヤ人とサータム人とチュルカ人が入り乱れて奪い合ってきた都市らしい。初代『蒼《あお》き太陽』がつくったアルヤ王国よりふたつ前の王朝、かつて東大陸の覇権を握ったアルヤ帝国の皇帝が占領して以来、この街の主な支配者はアルヤ人ということになっている。

エルナーズは、城壁に背をつけ、座り込んで片膝《かたひざ》を抱えた。

空を見上げる。底抜けに蒼いアルヤの空は今日も虚《むな》しい。

「安全が確保されるまでは将軍を街の中に入れるわけにはいかん」

「しかしタウリスのアルヤ系住民たちは皆将軍のご帰還を心待ちにして――」

「ならん、ならん！　将軍を危険に晒《さら》すわけにはいかんのだ」

タウリスで待機していた小隊長に向かって、副長が怒鳴り散らしている。

「今の将軍は就任されてからいまだ三年。こんな短期間で死なせてしまっては翠軍の沽券《こけん》にかかわる」

仕方がない。自分はもとをただせばただの男娼《だんしょう》だ。武術もできないし特別知恵があるわけでもない。今の荒れたタウリスに放り込まれたら何が起こるかわからない。

それでも、神剣が抜ける以上は軍で守ってやらなければならない。

「――お荷物やて、はっきり言うたらええやん」

思わず呟《つぶや》いてしまったが、案の定、エルナーズの声を拾う者はない。

タウリスでひとびとが待っているのは翠将軍でありエルナーズではない。自分たちのために戦ってくれるアルヤの神が欲しいのであって、実際のエルナーズが戦えるかはどうでもいい。

ふと、ユングヴィを思い出す。

エルナーズが将軍になった頃の彼女は、赤《あか》軍兵士や他の将軍の顔色を窺《うかが》って縮こまっている印象だった。しかし、最近、ソウェイルから手が離れてからというもの、赤軍の兵士たちに交じって活動しているという。赤軍兵士として働くということは荒事に首を突っ込むということで、それ相応の強さやたくましさがあるということだ。

馬鹿馬鹿しい。将軍に求められるのは強さやたくましさではない。軍神として崇《あが》められるにふさわしい神秘性だ。彼女はわざわざ無駄な労力を割いている。

赤軍のみんなに認められたいから、と言った彼女の笑顔が虚しい。

エルナーズは翠軍の面々に認められたいとは思わない。認められたところで見返りがないからだ。どうなっても死ぬまで軍にいなければならない掟《おきて》に変わりはない。

神剣は何を基準に主《あるじ》を選んでいるのだろう。なぜ翡翠《ひすい》の剣は自分でなければならなかったのだろうか。将軍をやりたい人間など掃いて捨てるほどいるのに、なぜ、タウリスの遊郭に埋没したかった自分が将軍に選ばれたのか。

エルナーズはタウリスが好きだ。古めかしい建物、さまざまな民族がにらみ合う市場、狭くて薄暗い路地、陰鬱《いんうつ》で不健康な花の香り――エルナーズを育《はぐく》んだこの街の退廃を心から愛している。

だが、この街のために戦う、ということがエルナーズにはどうもぴんと来ない。

滅ぶなら滅べばいいと思う。この街と心中したい。

「何の騒ぎですか」

どこからともなくやってきたバハルが、副長に声を掛けた。副長はバハルに礼をして膝を折った。

「市場の各街でアルヤ系住民とサータム系住民が衝突しており、治安の回復の見込みがないとの報告がありました。したがって将軍をお連れするわけにはまいるまいという判断に至りました」

「あちゃー」

バハルが頭を掻《か》く。

「サータム系住民が荒れてるのってあれでしょ、ウマル総督のことですよね」

「お察しのとおり、アルヤ軍の陰謀だという根も葉もない噂が流れている様子。一部ではウマル総督がすでにアルヤ人の手によって殺害されているとの根拠のない話も流されている模様で」

「困っちまったなあ。なんか、今だと、もっともらしいですもんね。『蒼き太陽』効果で」

アルヤ人は今、良くも悪くも活気づいている。自分たちの太陽が生きていることを知ったからだ。太陽が昇れば自分たちは自由を取り戻すと思い込んでいる。ソウェイル王子が王位につけば、この世の楽園であるアルヤ王国からサータム人どもを追い出して自分たちの富と自由を独占できる、と思い込んでいるのだ。

エルナーズはそれも馬鹿馬鹿しいと思っていた。

タウリスの街角でサータム人やチュルカ人を相手にからだを売っていたエルナーズが太陽の恩恵を感じたことはない。エルナーズを養ったのはけして太陽などではないのだ。

太陽が昇れば必ず影ができる。その影の中で生きる者たちにとって太陽は眩《まぶ》しいだけだ。腹が膨れるわけでもない、暑さをしのげるわけでもない。それなのになぜ太陽さえあればアルヤ王国が復活すると信じられるだろうか。

たかだか髪が蒼いだけで国じゅうに見守られて育つ王子に腹が立つ。

彼はきっとどれだけ美しく育とうともアルヤ産の美少年として消費されることはない。そんな存在にエルナーズの抱えるこの虚しさなど理解されないに違いない。

まして争いの火種になる。太陽さえなければアルヤ人とサータム人が争うことなどないのではないかと思ってしまう。

『蒼き太陽』が存在しているというだけで、王都から遠く離れた、エルナーズの愛するタウリスが荒れてしまった。

「まあ、でも、なんとか城にたどりつきましょ。太陽が何だって騒ぐ輩《やから》はだいたい軍神がいれば安心するんですから、将軍がお帰りだから喧嘩《けんか》はやめなさいって言えばちっとは落ち着くでしょ。西部の軍隊がちゃあんと機能してるって知れたら、サータム系の連中は多少びびりますよ」

「はあ……確かに」

「エル、ちょっと、長旅で疲れてるっぽいですし、早く休ませてやりたいんで。ましてこの先もっと荒れるようだったら、こんなところでぼんやりさせてないで城で守ってやったほうがいいんじゃないですかね。どうでしょ？」

副長は一度押し黙り、ややしてから、「承知しました」と答えた。

「エルナーズ将軍」

久しぶりに名前を呼ばれた。

顔を上げた。

副長と目が合った。

すぐに逸《そ》らされた。

「これから城にお連れする手配を致します。ご自身のお荷物についてご確認されたい」

つまり、自分の荷物は自分で管理しろということだ。

立ち上がり、自分の服の砂を払いつつ「はいはい」と頷いた。

私物に触られるのも癪《しゃく》なのでいいだろう。どうせこの後は荷物とともに馬で城へ運ばれるだけの身だ。少しくらいは働いておかないと体が鈍《なま》って仕方がない。

荷馬車のほうへ向かって歩き始めたエルナーズに、バハルが歩み寄ってきた。

「よかったな、城に入れるぜ」

「ほんま助かったわ、おおきに。バハルはいつもうまく言うてくれはるから好きやで」

「俺も気を遣うんだけどな、翠軍のひとって基本俺の元上官だからさ。こんなの八年前の俺が知ったらションベンちびっちまうわ」

「その分内部事情をわかったはるということやろ、あてにしてるわ。それに副長って三年前まで俺の客やったひとやしね、おかげで今あんまり目ぇ合わせてくれへんの。しかもこれ実は副長だけやなくてね、幹部の半分くらいは似たような反応なん」

「げっ、何それ。なんでそんな込み入った人間関係築いちゃうんだよ」

「知らんわ。俺を選んだ神剣が悪い」

不意にバハルの手が伸びた。何かと思って固まっていると、頭を撫《な》でられた。

「何かあったら俺には言えよ。俺、できることはするからな」

エルナーズは苦笑した。

「なんでそこまでしてくれはるの？　バハルは黄《き》軍のひとで翠軍はもう関係あらへんやん」

バハルが「いいや」と首を横に振る。

「エルも俺にとっちゃあ大事な弟だからな」

「またまた」

「十神剣って、めんどくさいこともいっぱいあるけど、仲良くしておいて損はねえよ。十神剣のことがわかるのは十神剣だけだからな」

彼は優しく笑った。

「なんで俺、って。思うこと、いっぱいある、と思う。みんな大なり小なりそういうの抱えてるんだ。そういうの、同じ立場で話せるのは、この世でたったのこの十人だけだろ」

だからといってわかり合えるとは思わないのがエルナーズだ。

バハルが離れた。

「俺も自分の荷物まとめて城に運んでもらえるようにしとかないとな」

「バハルも城来はる？」

「この状態でタウリスほっぽって実家帰るというのは、繊細で責任感の強い俺には無理だな」

「そうやね、東方の黄《き》将軍でも俺よりは頼りになるしね、ありがたいわ」

荷馬車に積んだ荷物へ手を伸ばした。

他の翠軍幹部たちの荷物と交ざっていて自分の荷物がわからなくなっていた。封を開ければすぐにわかると思うが、こんな青空の下で荷物を広げたくない。なんとかして自分の荷物だけより分けたかった。

ふと、焦げ臭さを感じた。誰かの荷物の臭いだろうか。自分の服は香を焚《た》きしめておいたはずだ。

手を伸ばした。

その時だった。

「え」

荷物の中で火花が散ったような気がした。

焦げ臭い。焼ける臭いだ。

荷物の包み紙に火がついた。あっと言う間に広がって革まで燃え始めた。エルナーズはとっさに対応できなかった。

「エル！」

熱い──そう認識した次の瞬間には、熱風がエルナーズを包んでいた。

体が吹き飛ばされて宙に浮いた。

目の前が真っ白になった。

大きな音がした。

その先の記憶はエルナーズにはない。


狭い路地にいくつもの明かりが燈《とも》っている。娼館《しょうかん》の明かりだ。娼館の壁に取り付けられているランプの中で小さな炎が揺れている。連なるランプ、連なる軒、女たちの白粉《おしろい》の匂い──この街のすべてが一夜の夢を買いたい男たちを幻想の世界へいざなっていた。

女たちの明るい笑い声が響く。

──こっちにいらっしゃいエルちゃん。

緩く波打った豊かな髪が華奢《きゃしゃ》な肩を覆う。白い滑らかな手には丁寧に磨かれた爪がついている。胸と腰から下だけを包む衣装の間からは縦長の臍《へそ》が見えた。首周りの金の飾りが揺れる。

──あたしの可愛いエルちゃん、あんたは高値で売れるよ。

小さな筆が唇を撫でた。紅をひかれている──その少しくすぐったい感触が心地良い。こうして自分は艶《あで》やかに変わっていく。

──あんたはこの街でとびっきりの売れっ子になれる。

甘い、甘い、頭の奥が痺《しび》れるような香りがする。

──エルちゃんは世界で一番綺麗《きれい》、エルちゃんは世界で一番可愛い──

あの館《やかた》にいた遊女たちはみんなエルナーズを可愛がってくれた。エルナーズは館の遊女全員を姉さんと呼んで慕っていた。その中の特定の誰かが自分と血縁関係にあるのだとは思っていなかった。それに特別な意味がある気はしなかった。あの頃のエルナーズにとって意味のあることといったら、稼ぐ女は何をどうやって男を操っているのかということと、男である自分は将来どこでからだを売っていけばいいのかということ、この二点だけだった。

しかし、中でもまめに部屋へ呼んでは丁寧に化粧を施してくれた女がいた。今思えば、彼女といた時間が一番長かったし、自分の髪の色や瞳《ひとみ》の色は彼女に似ている気がする。彼女がエルナーズの産みの母だったのかもしれない。

彼女の白い手に、細い腕に、長い髪に、化粧の香りに包まれている時、エルナーズは、彼女のように誇り高い遊女になりたいと思った。彼女はたくさんの男たちに夢を見せている。その自負が彼女を堂々とした美しい女にしている。自分も大勢の男たちに愛されるようになれば彼女のような強い人間になれるだろう。

そんな甘い思い出の館はもうない。

三年前、タウリスが戦場になった時、館は街ごと焼かれた。たくさんいた遊女たちのゆくえは知れない。エルナーズは駆けずり回って捜したが、館とともに皆焼死したとも、奴隷としてサータム帝国へ連れていかれたとも、アルヤ軍に捕まってエスファーナに送られたともいわれている。いろんな噂があってどれが確かかわからずじまいだ。誰が館を焼いたのかも知れない。はたして、サータム兵だったのか、アルヤ兵だったのか。

黒焦げになった館の跡地に夢は残っていなかった。くすぶる炎の熱だけを感じた。

熱かった。

熱い。

「――ル」

「あつい」

「エル」

目を開けたら、そこはかつての華やかな娼館でも今の焼け落ちた娼館でもなかった。娼館を出た自分がからだを売っていた陰間《かげま》茶屋でもなかった。

いくつものタイルを組み合わせて造られた乳白色の天井、大きな窓から差し入る明るい光、無味無臭の乾いた空気――翠軍の宿舎だ。

自分は、今、タウリス城の将軍の部屋にいる。

いつここに来たのだろう。なぜ記憶がないのだろう。

左半身が熱くて痛い。

左目が見えなかった。包帯だろうか、布に覆われていて目を開けることができない。

何が起こったのだろう。

自分の目を覗《のぞ》き込んでいる青年の顔があった。一瞬誰かわからなかった。短く整えられた薄茶の髪に、同じ色の瞳をしている。しわのない衣装は黄軍の正規兵の軍服だ。特徴のある顔立ちではないが、清潔感を人の形にするとこういう好青年になるのだと思うような、見知らぬ――いや知っている男だ。

「誰」

「いや髪切ってひげ剃《そ》ったらその反応ってすごい失礼じゃない？」

「あかん今冗談言うてる余裕あらへん」

「バハルです」

「嘘、わかってる、わかってんねん。俺が冗談言うてたわ、堪忍え」

「ですよね。べつにいいけど、相手が俺以外の将軍だったら今エルたぶんすごい怒られてると思うぜ」

左半身が熱い。

左目が見えない。

怖い。

体を起こそうとした。バハルに「まだ寝てろ」と止められた。彼の手が伸びてエルナーズの右肩を押さえつける。寝台の布団の上にふたたび沈められる。

「なに？　何が起こってるん？　タウリスに到着してからどうやってここまで来たんか思い出せへんのやけど」

「混乱してるんだな。荷馬車の積み荷に仕掛けられた爆弾に触ったんだ」

思い出した。すさまじい爆風に当たって後ろに吹き飛んだのだ。

「荷馬車に爆弾？　なんでや」

「誰がどういう目的で仕掛けたのかはわからない」

その表情は険しい。

「どういう仕組みだったのかもわからない。たぶん誰かが触ったら爆発するように組み立ててあったんだと思うから、荷馬車の主である翠軍を攻撃したかったには違いないけど、そんなからくりどこの誰が作れるの？　西方の新技術だったらサータム帝国？　いつそんなの仕掛ける時間があったんだ、翠軍はいつそんな危険人物が将軍の荷物に近づくのを許したんだ？　手掛かりも何も全部吹っ飛んだ、もう何もわからない」

彼は話し続けた。

「翠将軍であるエルが何者かによって殺されかけたということ、アルヤ国内では犯人はサータム人だという噂が流れていて対サータム感情が最悪になっているということ。ほぼ同時にエスファーナのザーヤンド川でウマル総督の死体が発見されたということ、サータム国内では犯人はアルヤ人だという噂が流れていて対アルヤ感情が最悪になっているということ。今の俺たちにわかるのは、これだけだ」

三年前のタウリスを思い出した。

タウリスは戦場になる前から荒廃していた。アルヤ人たちに石を投げられて追い詰められた在アルヤ王国サータム人たちがあちこちで暴動を起こしたからだ。

あの頃はまさか彼らを救うためにサータム帝国が派兵するとは思っていなかった。

このままサータム人たちがアルヤ王国から追い出されて終わるのだと思い込んでいた。

戦争は民衆に衝《つ》き動かされて始まる。名もなき人々の憎悪が積み重なった結果、小さなほころびが大きな崩落と化す。

「また戦争になるんやな」

そう言ったエルナーズを、バハルは「いや」と否定した。

「もう始まってる」

廊下を走ってくる足音がする。

「将軍！　バハル将軍！」

バハルが立ち上がって「ここだ」と叫んだ。

部屋に翠軍の兵士が転がり込んできた。

「第九街区で衝突が発生！　武装したアルヤ系の集団がサータム系の集団を襲撃したとのこと」

「何としてでも止めろ。絶対にサータム人を殺させるな」

エルナーズに背を見せる。

「これ以上やったら本当に帝国軍が動く。帝国にアルヤ人は紳士だと思わせないとだめだ」

バハルの背中がたくましく見えた。今の彼の背中にならすがれると思った。

きっと今大勢のアルヤ人がバハルに対して自分と同じ感情を抱いているだろう。

バハルは、今、本来翠将軍がすべき仕事をしている。彼はアルヤ軍の将軍なのだ。

バハルがエルナーズのほうを見た。目が合った。

エルナーズは思わず目を逸《そ》らした。

「――続きは指令室で聞くわ。ここ、エルの寝室だからな。俺、ここでばたばたするのやだわ」

兵士が「はっ」と短く返事をした。

「お待ちしております」

「すぐ行く。頼む」

ややして足音がした。戸が閉まる音もした。兵士が出ていったのだ。

「エル」

そう呼ぶ声が優しい。

顔を上げると、バハルは微苦笑していた。

「大丈夫だ。俺が全部やっといてやるから、エルは傷を治すことに専念しろよ」

何も言えなかった。

「テイムル宛《あて》に、ナーヒドかサヴァシュをよこしてくれって手紙書いた。俺ひとりだけだと頼りないだろ？　誰か大人の男よこしてもらおうぜ」

　そして、手が伸びる。大きな手が、エルナーズの頭を包み込むように撫《な》でる。

「何にも考えなくていいから。もうちょっと寝ててくれよ」

　エルナーズは返事をしなかった。バハルはそんなエルナーズを待つことなく部屋を出ていった。

　さすがに申し訳なく思った。

　バハルは慣れない真面目な姿勢を見せようとしている。傷ついたエルナーズの代わりにせいいっぱい戦おうとしている。

　けれど、それでも、エルナーズは翠将軍としてがんばりたいとは思わない。バハルがやっていることを一緒にやろうとは思わない。バハルの負担を減らそうとは思わないのだ。

　エルナーズにとって今一番知りたいのは、タウリスの状況でもエスファーナの状況でもない。

　左半身が熱い。

　寝台から下りた。重い体を引きずって二、三歩歩いた。

　壁に姿見が立てかけられていた。

　姿見を覗き込んだ。

エルナーズは息を詰まらせた。

包帯が顔全体を包むように巻かれていた。特に左側を重点的に覆い隠そうとしているようだった。表面が膨れている。包帯の下にまた別の布を当てられているに違いない。

心臓が破裂しそうだ。

手探りで包帯の結び目を探した。首の右側にあった。

震える指先でほどいた。固い結び目はなかなかほどけず、引っ張られた顔の左側が痛んでつらかったが、全力で急いだ。

包帯を少しずつ解いていく。

下から白い木綿布が出てくる。左目の上から唇の左端まで大きな木綿布が当てられている。

黄色い体液が滲《にじ》み出ている。

怖い。

でも、確かめずにはいられない。

大きくわななく手を左頬に押しつけた。

木綿布はなかなか取れなかった。貼り付いていた。剝《は》がすのに痛みを感じた。

胸が、爆発する。

左目が開いた。

よかった、目が見える——そう思ったのも束の間だ。

「俺の、顔」

皮膚がなかった。

左目のまぶたから、左顎《あご》の下まで、皮膚が、剝ぎ取られていた。

薄桃色の肉が剝《む》き出しになっている。頰の端には、おそらく焼けた皮膚の残骸《ざんがい》であろう、縮んだ黒いかたまりがこびりついている。

意識が遠退いた。

頭の中に女性の声が響いた。自分の母親とおぼしき、優しかったあの遊女の声だ。

——エルちゃんは世界で一番綺麗《きれい》、エルちゃんは世界で一番可愛い——

城にあるすべての現実から逃げたくて抜け出した。

あの娼館《しょうかん》に帰りたいと思った。

自分を綺麗だの可愛いだのと言ってちやほやしてくれる家族のもとへ帰りたい。頭や頰を撫でられ、化粧を施され、淫靡《いんび》な香の匂いに包まれたい。

そしてまたいつか仕事ができるようになると信じていたい。

男たちが自分の美しさにひざまずいて足を舐《な》めた、あのみだらで愉快な日々はもう来ない。

自分の顔はめちゃくちゃになってしまった。もう誰も美しいとは言わない。

叫び出したかった。

けれど頭のどこかがなおも冷静だった。

声を上げたら翠軍兵士が来る。見つかれば連れ戻されるだろう。

なぜならどんな醜い顔になっても自分は神剣を抜いた将軍だからだ。

消えるなら静かにと自分に言い聞かせた。できる限りひとに知られないようにひっそりと抜け出さなければならない。

包帯は巻かなかった。自分ではうまく巻けなかったからだ。ごわついていて目立ってしまうと思った。木綿布だけ貼り付けて部屋を出た。

途中、女官の部屋に忍び込んで女官服を盗んだ。顔を隠せれば何でもよかった。ひとに見つかる前に頭からかぶって駆け出した。

タウリス城の中は人でごった返していた。一般人とおぼしき老若男女が詰めかけている。エルナーズはなぜこんなに人が多いのか考えなかった。ひとが多いのは好都合だ。城内が混乱している。誰も彼もが対応に追われていて逆走していくエルナーズに声を掛けない。

城の裏手から出た。

そこには満天の星が広がっていた。

夜のとばりはエルナーズに優しい。

帰ってきたのだ。

自分は夜のタウリスにいる。

自分の舞台だ。住み慣れた世界だ。

涙があふれた。

このままタウリスの夜に溶けたい。

裏門を守る兵士たちはエルナーズに気づかなかったらしい。一度「外は危ないぞ」と怒鳴られたが、わざわざ追い掛けてこようとはしなかった。


人混みに紛れたくて市場へ向かった。二千年の歴史をもつタウリス中央市場なら自分を隠してくれると思った。

エルナーズはタウリスの歴史を何よりも信頼していた。一説によれば王都エスファーナより古い歴史をもつという。そんな古都の夜を彩る華として生きることは、タウリスの遊女たちの、そして彼女らの息子であるエルナーズの誇りだった。

たどりついた市場は静まり返っていた。平時ならこの時間でも屋台が軒を連ね酒に酔った人々が楽しく過ごしているはずだが、今日は猫の姿も見えない。

通りの真ん中で立ちすくむ。

エルナーズはこの光景を三年前にも見ていた。

女官服の頭の部分を払って顔を外に出し、星明かりを頼りにあたりを見回した。

破れた垂れ幕が夜風にはためいている。へこんだ箱があたりに転がっている。果物が道の上で潰《つぶ》れている。

この街は何度こんな目にあってきたのだろう。

足元に林檎《りんご》が落ちていた。

拾おうと思ってしゃがみ込み、右手で服の裾《すそ》をまとめて、左手を伸ばした。

左手も包帯に包まれていた。

その下がどうなっているのかは見なくてもわかる。

自分もあの娼館のように焼けただれてしまった。

不意に小さな金属の音が聞こえてきた。聞き覚えのある音だ。

顔を上げると、通りの奥から人影が近づいてきていた。

どうやら若い女性のようだ。もしかしたらまだ少女かもしれない。エルナーズよりもずっと小柄で華奢《きゃしゃ》だ。か細い声で「誰か、誰か」と言いながらあたりを見回している。

全身を包む足首までの丈の服はアルヤ人女性の服だが、頭に巻いている刺繍《ししゅう》の施された布はアルヤ人のものではない。星明かりで耳の銀細工が輝いている。音の源はあの銀細工だ。タウリス住まいのチュルカ人の娘に違いない。

ひとりなのだろうか。

夜のタウリスは女性のひとり歩きには不向きだ。ましてや今はひとけがなく不気味なほど静かだ。出歩くべきではない。

エルナーズは屋台の柱に身を隠した。

へたに近づけば何かが起こった時自分も巻き込まれる。自分を守るのに手いっぱいの人間が自分より弱い者を助けられるわけがない。余計な期待をもたせないためにも――あるいは彼女自身が一度危ない目に遭って学習するためにも、彼女を放っておくべきだ。

脇道から物音がした。

娘が立ち止まり、「誰かいはる？」と言ってそちらに歩み寄った。

脇道から腕が伸びてきて娘の腕をつかんだ。

娘が脇道に引きずり込まれた。

エルナーズは顔を背けた。

案の定、男たちの下卑た笑い声と娘の悲鳴が響いた。

だがこんなことは特に珍しいことではない。三年前エルナーズも似たような場所で同じような目に遭った。

せめて彼女が生きて帰れるように祈ろうかと思った。けれどももしかしたら死んだほうがましかもしれない。

遠くから馬のひづめの音が聞こえた。今こんな状況のタウリスの街中で馬に乗れるとなると翠軍兵士だろう。しかも複数だ。まとまって見回りをしているのかもしれない。

うまくいけば彼らがあの娘を助けてくれるはずだ。幸運な娘だ。

自分は逃げようと思った。今見つかったら捕まる。城に強制送還されたくなかった。人目につく前にどこかへ行かなければならない。

しかし、どこへ、だろう。

立ち止まったエルナーズのすぐそばまで、馬のひづめの音が迫る。

どこにも行く場所などない。自分が帰るべき場所はもうどこにもない。自分を買ってくれそうな男の姿もない。紛れ込めるような酒場もすべて閉まっている。

肩から力を抜いた。

足掻《あが》いたところで自分の運命は変えられないのだ。

無駄な抵抗はやめよう。説教は喰《く》らうかもしれないが、命まで取られることはない。

通りの真ん中まで出て、馬の主を見ようとした。

エルナーズは目を丸くした。

「何をしている⁉」

馬のまま脇道に突っ込んでいった人間は、翠色の軍服ではなく、黒一色の闇に溶ける装束を着ていた。翠軍兵士ではない。闇夜を闊歩《かっぽ》するアルヤ王国軍の暗殺部隊——赤軍だ。

その背中で、星明かりを弾《はじ》いて紅蓮《ぐれん》の剣が瞬いた。

脇道には先ほどの娘と三人の男たちがいた。娘は裸で地面に四つん這《ば》いにさせられていて、男のうちの一人が頭を、もう一人が腕を押さえつけていた。そして最後の一人が筒袴《つつばかま》を脱ごうとしていた。

馬でやって来た人物が尻《しり》を出した男を馬で踏みつけた。

今度は男たちから悲鳴が上がった。

その人物はけして男たちを許さなかった。左手で手綱を握ったまま背に負っていた剣を抜いた。

暗い路地に紅蓮の刃《やいば》がひらめいた。

慌てて立ち上がった男の鼻っ柱を切りつけた。

馬からおりる。

剣を横に薙《な》ぐ。

残った男の腕が切断されて宙を飛ぶ。

そうこうしているうちに黒装束の集団が狭い路地を占拠した。地面に転がってうめく男たちを囲んで笑った。

「どうする？」

「始末しな」

冷たい声が路地に響く。

「女子供に乱暴する奴はサータム人だろうがアルヤ人だろうが許さない。やれ」

夜の闇の中に断末魔の叫びが響き渡った。

黒装束の集団の間から松明《たいまつ》が差し出された。あたりが明るく照らされた。

紅蓮の刃を背の鞘《さや》にしまうと、地面に投げ捨てられていた服を拾った。そうして、今まさに松明の光でさらけ出されようとしていた少女の白いからだを覆い隠した。

「もう大丈夫だよ」

炎の揺らめきの中、ターバンを巻いた赤毛が、たった今まで人を斬っていたとは思えないほど穏やかな黒い瞳《ひとみ》が、日に焼けた頰、そして紅蓮の神剣の柄《つか》が、浮かび上がる。

「ユングヴィ」

エルナーズがそう呼ぶと、ユングヴィは、少女を抱き締めつつ、エルナーズのほうを振り返った。

「エル？　なんであんたこんなところにいるの」

本物だ。本物のユングヴィだ。

一瞬気が動転しかけた。事態が呑《の》み込めなかった。

「こっちの台詞《せりふ》や！　なんであんたがここに？」

「え。バハルが、西部に人手が足りないって言うから、出張」

唖然《あぜん》としたエルナーズの後方から、また新たにひづめの音が聞こえてくる。

「ちょっと、ユングヴィ、置いていかないでください！」

この、まだどこか不安定な少年の声は——

振り向く。

星明かりに、艶《つや》やかなまっすぐの髪が、白く滑らかな頰が、まだ華奢な体軀《たいく》が、照らし出される。

「今バハルから聞いたんですが、エルが行方ふめ——もう解決したみたいですね」

馬上から話しかけられた。

「軽率な行動は慎んでください、エル。将軍としての自覚がなさすぎですよ」

「ラーム」

今や十神剣一の美貌《びぼう》の持ち主となったラームテインだ。

ラームテインが馬からおりた。

ラームテインと、まだ少女を抱きかかえたままのユングヴィの間に、挟まれてしまった。

「なに？　行方不明？　どういうこと？」

「無断で城を抜け出したそうですね。こんな状況で、そんな体で。いったい何を考えているんですか？」

「バカじゃないの？」

落ち着いて「あんたにバカって言われたくないわ」と言ったエルナーズの右肩を、ラームテインが「はいはい」と言いながらつかんだ。

「ほら、帰るよ。ラームの馬に乗りな、私はこの子連れてくから」

ラームテインが耳元でささやく。

「細かい説明は城に戻ってから」

もう逃げられない。

ユングヴィが優しい声で少女に「一緒においで」と言った。少女はしゃくり上げながら頷《うなず》き、ユングヴィの首筋に顔を埋めた。

エルナーズはひとつ大きな溜息《ためいき》をついた。

ランプの口金から顔を出している灯心にバハルが火をつけた。

暗かった室内に明かりが燈《とも》った。

小さな炎を見ていると、エルナーズは、気持ちが落ち着いてくるのを感じる。幼い頃から遊女たちの部屋や花街の路地で見てきたからだろうか。

ようやく息を吐くことができた。肩の力を抜いた。

バハルの油臭い手がエルナーズの頭を撫《な》でた。抵抗はしなかった。こんな体になっても誰かが触れてくれるということに安堵《あんど》した。

傷になったのは、顔の左半分と左肩から左の手の甲にかけて、だった。頭や右半身は何ともない。

それでもエルナーズはすべてがめちゃくちゃになってしまった気がしていた。自分の何もかもが醜く変質したように感じていた。

先刻もう死にたいと叫んだエルナーズを、バハルとユングヴィが抱き締めた。二人で寝室に連れ戻し寝台に寝かせた。二人がかりで運んだだけで、二人とも自分に触れたくて触れているわけではない――頭ではそう思っていたが、頭を撫でてきたバハルやずっと右手を握り締めているユングヴィを見ていると、エルナーズの思考は徐々に緩やかになり、やがて、停止した。

赤軍兵士に呼び出されて一度席を外したユングヴィが帰ってくる。こちらに歩み寄ってきて寝台の縁に腰を掛ける。エルナーズはそれを黙って目で追った。

「あの子の家族、見つかったよ。ご両親、やっぱり城内に避難してた。ずっとあの子を捜してたみたい。再会できて喜んでた」

「よかった」

そう言ったのはラームティンだ。しかし、彼の言葉や表情にはあの少女を心配しているというより厄介事を片づけられた安堵が見て取れた。

「心配してくれるご家族がいるのなら、それにこしたことはないですからね」

「ラームがいなくなったら私がすごく心配するよ」

ラームティンの少し冷たい態度に気づいているのかいないのか、ユングヴィは微笑んだ。

「もちろん、エルも。二人とも私にとっては大事な弟だからさ」

普段なら何を言うかと鼻で笑っているところだったが、今のエルナーズには声を出すこともできない。

「にしても、許せないなあ。私、まだはらわたが煮え繰り返ってる」

バハルが「何が」と問い掛ける。ユングヴィが一度言いにくそうに口を引き結んでから「女子供に乱暴なことをするのが」と婉曲《えんきょく》的な言い方をする。

「あいつらアルヤ人だった」

奥歯を噛《か》み締めている。敷布を握り締めている。

「チュルカ人なら何してもいいと思ったのかな。サイテー」

だが、街が荒れている時はそういうことも起こる。人々は街の空気にあてられて攻撃的になる。しかも軍の治安出動が間に合わないので歯止めが利かない。

エルナーズからすれば、よくあることだった。

ユングヴィからしても、そんなに珍しいことではないだろう。彼女は普段からエスファーナの荒れた街区を歩いている。こんなことに遭遇するのは日常茶飯事のはずだ。だからこそ今回の対応も早かったのでは、とエルナーズは思っていた。しかし、今回彼女はいつも以上に感情的だ。

「もう、ほんとに、やだ。体には大きな傷はなかったけど、絶対、心の傷ってやつにはなったよ。消えない傷になったよ」

バハルが苦笑する。

「でも最後までやられたわけじゃないんだろ」

ユングヴィは両手で自分の顔を押さえながら「一応ね、一応」と答えた。

「入ってないなら不幸中の幸いなんでは？」

「うーん、そうかなあ。外で裸に剝《む》かれて、乱暴にからだに触られて、それでもまだマシなんて言ってほしくないなあ。私だったら舌嚙み切って死のうと思うね」

ユングヴィがこんなにはっきりと自分の意思や感情について述べるのは珍しい。よほど不快だったに違いない。

彼女は潔癖なのだ。

そう言えば、初めて出会った時から彼女は性的な話題に忌避感を示していた。純潔を重んじるアルヤ人の娘らしい発想だ。彼女たちは処女でなければ嫁に行けず、未婚の身でそんなからだになっては一生石を投げられて過ごすと思っている。一夜の夢を売って食ってきたエルナーズからすれば笑ってしまうような甘い幻想だった。

だからと言って否定するつもりもなかった。

「女の子はさ、まず、丁寧に扱われることをおぼえたほうがいいよ」

春をひさいできたエルナーズだからこそ、暴行されることと自らの意思で肌を重ねることの違いを知っている。どうせ同じ部分を使うのなら後者のほうが良いに決まっている。

「特定のひととさ、一対一で、ゆっくりしたほうがいいと思うんだよね」

そこは相容《い》れなかったが、そんな幻想を語るユングヴィは嫌いではない。彼女には後生大事に処女を守って生きてほしいと思う。

バハルは穏やかに微笑んで「そうだな」と頷いた。

「俺も、ユンちゃんはそういう風に扱われるようになってほし――」

「私お嫁には行きません」

「否定するの早すぎない？　俺、密《ひそ》かにユンちゃんの結婚式に呼ばれるのを楽しみにしてるのに」

「ごめんごめん」

そこで、ユングヴィは、頭に巻いていたターバンを外し、長く伸びた前髪を耳にかけた。

エルナーズは目をみはった。

今までターバンと前髪のせいで気づいていなかった。

ユングヴィは髪を首まで覆うほどに伸ばしていた。自分の容姿にかける手間を惜しんで切っていないだけかと思ったが、どうも違う。耳のすぐ上に見たことのない小さな髪飾りをつけている。

顔の雰囲気も少々変わっていた。眉《まゆ》を整えたのか目元がすっきりしていた。ユングヴィの代名詞だった肌荒れも改善されている。化粧気は相変わらずないが、なんだか急に綺麗《きれい》になった気がする。

興味を引かれた。

「あんた、髪、伸びたな」

あえて遠回しに、何気ない感じを装ってそう声を掛けた。

ユングヴィが肩を震わせた。

「似合わないかな」

やはりわざと伸ばしているのだ。

エルナーズは声を抑えて言った。

「そんなことはあらへんえ。ただ、前に邪魔やからすぐ切りたなるって言うてたやない？」

「あー、うん、そうなんだけど……もうちょっとしたら切るつもりなんだけど、傷んでるところだけ取って、長くしても汚くならないようにしたいなあ、って思ってて……」

そこで前のめりになったのはバハルだ。

「えっ、ユンちゃん髪伸ばすの？」

ユングヴィの心境の変化を突《つつ》き回したくなかったエルナーズは眉をひそめたが、こういう時に止めるのも不自然な気がして言葉を選んでしまう。

「やっぱり変かなあ？」

「そんなことない、俺はすごいいいと思います！　でもなんで急に？」

「いや、さあ」

そこで、ユングヴィの口から予想外の言葉が出てきた。

「なんかそういうの私がやるの似合わないかなあと思ってたんだけど、最近、サヴァシュを見てて、そういう意識って違うかな、と思い始めて」

「サヴァシュ？」

「あのひとさ、どこに行ってもチュルカ人の服着てるでしょ。宮殿の公式な場とか関係なくあの恰好《かっこう》でしょ。絶対自分のしたい恰好しかしないんだ、もう自分がこうでありたいと思ったらずっとそうなんだ。って思ったら、私も、周りの目を気にしてやりたいことしないのはもったいないかな、自分のしたい恰好するかな、って思ってさ」

視線を泳がせつつ、口を尖《とが》らせる。

「ちょっとあこがれてたんだよねえ。髪の毛おだんごにして、綺麗な柄の布を巻くの」

彼女は「うわ、恥ずかし」と言って自分の両頰を押さえた。

「当然のことだと思いますよ」

今度はラームテインが言った。

「自分の身なりに気を遣うのは礼儀作法のひとつです」

つい、エルナーズは口を挟んでしまった。

「あんたは酒姫《サーキイ》やったからそんなことが言えるんや」

ラームテインがにらむような鋭い目つきでこちらを見つめてきた。

「そういうのがお仕事の一環やったあんたと違《ちご》うてユングヴィは初心者なんやから、余計なことを言うんやない。やるのもやらないのも自由。黙って見ているべきやと思う」

ユングヴィが小声で呟《つぶや》いた。

「ベルカナに相談したら似たようなこと言ってた」

それでエルナーズは察した。おそらくベルカナが肌の手入れの方法や髪の伸ばし方を吹き込んだのだろう。ベルカナは美容の達人だ。そのベルカナに教えを乞《こ》うたならユングヴィも本気に違いない。

俄然《がぜん》元気が出てきた。

「サヴァシュで思い出した」

バハルが言った。

「なんでユンちゃんとラームが西部に派遣されたの？　俺、サヴァシュかナーヒドよこしてくれって言ったはずだけど」

ユングヴィが顔をしかめる。

「私じゃ頼りない？」

「しょうがないだろ」

バハルが少し強い声音で答える。

「ユンちゃんががんばってるのは知ってる。けど、こんな荒れ放題の中だぜ。それこそユンちゃんに何かあったら俺じゃあ責任取れないぞ」

ユングヴィはぶすっとした表情で首を横に振った。

「エスファーナにいるのと大差ないよ」

「どういう意味だ」

「ウマル総督は蒼宮殿の中で殺されたんじゃないか、っていう話になって、サータム人のお役人が宮殿から追い出されて、それからなんか殺伐としててさ。ナーヒドにはいても邪魔だと言われちゃうし、ひとまず赤軍でエスファーナ市内で揉《も》めてるサータム人をつまみ出す仕事をしてたけど、きりがない。だから、何か他にできることないかなー、って。まあ、私、そもそもなんでこんなに世間が盛り上がってるのかもよくわかんないんだけど……」

どうも要領を得ない。ユングヴィはこういう時筋道を立てて話すのが苦手だ。

ラームテインがしゃしゃり出た。

「僕から説明しますね」

対する彼は理路整然としている。

「まず、サータム人の駐屯軍と官僚の手でウマル総督殺害の経緯の調査が始まりました。その時点ですでに外野が犯人は宮殿に出入りしやすいアルヤ人官僚ではないかと噂していて非常に緊迫した雰囲気だったのですが、各種帳簿や目撃証言から総督の行動履歴が明らかになった結果、宮殿の中で誘拐もしくは殺害されたことがほぼ確定したのですね。それで、噂のとおり、帝国の支配に反発しているアルヤ人官僚による犯行であろう、と」

バハルが神妙な顔で相槌《あいづち》を打つ。

「それが正式に発表された時、大講堂に人が集められてのことだったのですが、逸《はや》る蒼《そう》軍兵士と恨みを募らせた総督の護衛官たちがその場で武力衝突に至りまして。蒼軍幹部は総督に正義の鉄槌《てっつい》が下されたのだと言って憚《はばか》らず、その勢いのまま宮殿にいたサータム人の虐殺が始まりました。このへんの混乱ゆえに情報が錯綜《さくそう》したかと思いますが、最終的にアルヤ国側のもろもろの不都合な真実を揉み消したのはナーヒドです。ナーヒドはいろいろ葛藤《かっとう》があったようですけれど、何よりも世間体を気にするので、この暴挙を止められなかったことを深く恥じている様子でした」

その情報は西部軍管区の司令部まで到達していなかったようだ。バハルが頭を抱えた。

「ナーヒドの右往左往が想像できて笑っちゃうんだよな」

口先ではそんな風に茶化しているが、表情はまったく笑っていない。むしろ顔面蒼《そう》白《はく》だ。

「笑うところではありません」

ラームテインの言葉がとげとげしい。

「とにかく、非常事態に陥ったサータム人が宮殿を脱出したあと、そのサータム人の官吏から帝国本国に連絡が行き、帝国のほうから宣戦布告とみなすと言われました。これはすでに連絡済みかと思います」

「ああ、そのへんはテイムルから手紙が来てる」

「彼は十神剣の長《おさ》で形式的にはアルヤ軍最高司令官ですからね。彼が正式にその通達を受けて戦争をすると決断したら、あとは粛々と軍隊を動かす手続きをするだけです」

しかし、そのへんで困ったことになった。一方的に話を聞いているだけのエルナーズは疲れてきたのだ。興味がないわけではなかったが、ラームテインの歌うような淀《よど》みのない声、ふかふかの布団、認めたくなかったがバハルやユングヴィといった単純に武力で自分より強い人々がいる安心感もあるのだろうか、意識が遠退き始めた。

「エスファーナのアルヤ人は大喜びですよ。我らが『蒼《あお》き太陽』を取り戻した結果、誰かわからないけれどアルヤ民族の英雄が邪悪なサータム人を駆逐して、最終的には王家の番人たる正義の使者テイムル将軍が帝国に反旗を翻してくれたのですから」

「テイムル、そんな奴だったっけ」

「いいえ、彼本人は苦渋の決断だと言っていましたが、ここまで戦意が高揚していると鎮火するほうがかえって民衆がどうなるかわからないとのこと。それに、統率が取れていて士気が高い今ならまだ勝ち目がある、という理屈のようなので、そこは僕も理解できました。あと、究極的なところ彼も『蒼き太陽』信者ですから、アルヤ紳士として表に出さないように気を遣っているだけで、内心ではソウェイル王子をいいように扱っていた総督が死んでほくそ笑んでいるんじゃないですか」

「なるほどな。で、ティムルとナーヒドの話し合いで話が進んじゃったってわけね」

「ご想像のとおりです」

「三年前もそうよ、だいたいあの二人の親父さんたちが先の国王陛下のご下命で軍隊を動かしてたんだからさ。俺は、お側付きのあんたらが陛下を止めろよ、と思ったけど、何も言えず、ずるずるだらだら」

三年前の戦争を間近で見ていたバハルが言うと重みがある。彼は以前、西進した蒼軍の代わりに東部軍管区からエスファーナに入って抗戦した、と言っていた。戦わされた側の人間として、殉職した連中に反感を抱いたに違いない。しかし、暗い話題を好まない性格だからか、具体的には説明しない。エルナーズは生家を廃墟《はいきょ》にした戦争の原因や経緯を知りたかったが、かといって話したがらない人の口をむりやり割ってでも話をさせようと考えるたちでもない。

「昔の話は後でいい。それから？」

「それからはユングヴィの言ったとおりですよ。街中で暴動が起こっているので、赤軍がサータム人をつまみ出す仕事をしていましたが、きりがないので白軍が表立って治安出動するに至り、赤軍の仕事が激減したんです」

ラームテインが溜息《ためいき》をつく。

「蒼軍や白軍が力を取り戻した。喜ぶべきか悲しむべきか」

「それはもうだめだな」

「ええ、これはもうだめです。以上、エスファーナ情勢でした」

そこまで語ってようやく発言権を得たと思ったらしく、ユングヴィが口を開いた。

「とにかく、私は私で勝手に仕事をするから。バハルはバハルでやってて、私のことは気にしないで」

「そういうわけにはいかねえよ」

バハルとユングヴィがしゃべろうとすると、ラームテインが首を突っ込む。

「僕がタウリスに行かせるなら赤軍がいいと言ったんです。タウリスの街中で展開するなら赤軍がいいと思いました。もともと身軽な部隊ですぐ動かせましたしね」

「まあ、そう言われれば、蒼軍とか黒《くろ》軍が急に動くといろいろかかるけど。だいたい蒼軍のせいで揉めてるんだもんな、頭に血がのぼっている連中に引っ掻《か》き回されても困るか」

「そのとおりですし、蒼軍や黒軍は会戦になるまでとっておくべきです。蒼軍はアルヤ軍一の大所帯です、そんな簡単には移動できません。黒軍はチュルカ人部隊で反乱でも起こされたら大問題になる両刃《もろは》の剣、いざという時までエスファーナの外に出ないでくれたほうがいい」

バハルは頷《うなず》いた。

「黒軍のほうは何してる？　野放しか？」

「いいえ、食料や物資の運搬をしてもらっています」

「戦ってないの？　黒軍が裏方やってんの？」

「僕がサヴァシュに頼みました」

ラームテインは平然とした顔で話す。

「馬で物資を輸送できれば早いので」

「それ、サヴァシュ了承した？」

「してもらいました。最初のうちは嫌そうな顔をしていましたが、エスファーナではチュルカ人のお家芸である略奪はできませんからね」

ユングヴィが意地悪そうな顔で笑った。

「今ナーヒドとサヴァシュが共同でエスファーナ防衛にあたってるんだと思うとおもしろくない？」

バハルが吐息を漏らした。

「なんかラームがすごい頼もしいわ」

やはりラームティンは当たり前のような顔をしている。

「極力内密にできることをこなしていきましょう。大隊である蒼軍や黒軍ではなく、専門家集団である赤軍の技術と経験を活《い》かしましょう」

彼の夜色の瞳《ひとみ》が炎で揺らめく。

「いいですか、このまま帝国との全面戦争に発展した場合今のアルヤ国では絶対に勝てません。いくら士気は高いと言っても、戦争は根性論だけでは勝てないんですよ。人員も軍備も敵《かな》いませんので、正面衝突をすれば必ず負けます。ですが地の利だけはあります。負けないように工夫することはできます」

力強い声で語る。

「最終的に帝国が本隊を出してきたら、蒼軍、いえ緑《みどり》軍や橙《だいだい》軍をも巻き込んだ大兵団を組織してもらいます。ですが今はまだそこまでは至っていない。今のうちに、そこまで至った時に備えて工作をします」

手振りを加えて説明する。

「まずはタウリスの完全掌握。今の荒れたタウリスをひとまとめにして、タウリス城で籠城《ろうじょう》戦を行えるようにします。タウリス城で迎撃します。タウリス城の設備の確認と拡充、あわせて城下町の人々の完全な退避。食料の備蓄も大切です、できる限り乾物を集めましょう」

　そこで「わかった」と答えたのはユングヴィだ。

「帝国軍は砂漠や高山地帯を越えての進軍となります。この近辺で補給をさせないようにしなければなりません」

「つまり？」

「近郊の村を焼き払います」

　バハルが口を開きかけた。けれどラームテインは発言を許さなかった。

「元からあった建物を宿営地にさせてはなりません。食べ物や金銀などの動産をタウリス城に集めて、残りはまとめて破壊します」

「そんなこと、誰が納得――」

「させます」

　険しい表情のバハルを前に、ラームテインが断言する。

「抵抗する者には死ぬのとどちらがいいか詰め寄りましょう。サータム人が攻め込んできたらアルヤ人なんて男は殺されて女は犯されて子供は奴隷として連れていかれると言えばいい。同時に退避すれば太陽の加護があると言いましょう。これは太陽を守るための聖戦になるだろうし、太陽が昇る限り後々の賠償は必ずある、と」

「誰がやるんだよ」

「赤軍がやる」

すぐさまユングヴィが声を上げた。

「赤軍はそういう汚れ仕事をするために存在するんだ。他のどこにもできないことは、全部、赤軍が引き受ける」

エルナーズは目を細めてユングヴィを見つめた。

ずいぶんな自信だ。こんなに強くなれるほどの何かがあったのだろうか。ついこの間まで副長以下に仲間はずれにされて困っていたと思うのだが、いったいいつどんな変化があったのか。

ああいう扱いを受けてもへらへらと笑っていたユングヴィの間抜けな顔を思い出す。あの状況を受け入れられるほどの自己肯定感の低さに苛立《いらだ》ったこともあったし、エルナーズと同じように軍隊の中に溶け込めずにいることに自嘲《じちょう》めいた笑いが浮かんだこともあった。

いつの間に赤《あか》将軍としての確かな自信と矜持《きょうじ》を得たのか。

どこからともなくせり上がっているこの感情は、何だろう。嫌悪か、焦燥か。

「でも、赤軍は基本的にみんなバカなんだと思ってね。土木工事もやるし火の扱いも得意だけど、みんな自分のことしか考えてなくて、先の見通し、大きな展望ってやつはないから。決まり事があるなら最初に教えて、私に徹底させられるくらいの力があるかと言われるとちょっとわかんないけど、私がんばるよ」

これが、組織を率いるということなのか。

ラームテインは大きく頷いた。

その、次の時、だ。

「ま、ここまで全部僕が考えたことで、実際にやるかどうかはまた別の話ですけど」

ババルとユングヴィが固まった。

「……ん、ん？」

「んんっ？　ラーム、今、何だって？」

「あ、いえ。全部僕の考えたことなので、参考までにこういう考え方もありますが、という感じです」

「いやいやいやいや！　ここまで言っておいてここでそりゃねーだろ」

「私今すごくやる気満々だったよ、この熱どうしてくれるの」

二人がラームテインに詰め寄る。ラームテインはしらっとした顔をする。

「冷静に考えてくださいよ。どうして軍に所属してまだ四ヵ月の、たかだか十四歳の若造である僕が、そんな、アルヤ軍全体のことなんて。うまくいけば数万を動員するんですよ？　やだなあ、僕ひとりでそんなの。皆さんからしたら、昨日まで酒姫《サーキイ》だったみたいな子供の言うことを、真に受けて。ほら。ね？」

「待って、待って紫《し》将軍様！　お願い、最後まで考えて！」

「じゃあラームはここまではるばる何しに来たの？」

「エスファーナにいても何もすることがないかな、と思いまして。紫《し》軍の本隊はエスファーナで情報収集にあたっていますし、テイムルとナーヒドは将軍になってからはまだ三年と言っても軍に身を置いてからはとても長い方々ですし、僕みたいな経験値の少ない子供がいても邪魔かな、と。それなら、最前線に行って、小間使いをしつつ勉強させていただこうかと……エルが怪我をしたと聞いていましたからね、看護する人間がいれば楽かな、とか」

ラームテインが肩をすくめた。その肩をつかんでユングヴィが揺さぶった。

「ラーム、あんた、もっと自覚をもって。この面子《メンツ》じゃあ頭を使うことってラームにしかできない仕事だから」

「いえ、僕に甘えていないでユングヴィも頭を使ってくださいよ。五年、いえ、六年目なのでは？」

「言ったなこいつ」

「ご期待に応《こた》えられず申し訳ありませんが、僕は、実戦経験はゼロですから。最終的に責任をもつのは十神剣代表のテイムルですしね」

「あーっ、あっ、あーっ！　テイムルが、テイムルが！」

だが、こういう空気は悪くない。

エルナーズは笑った。

どうせ大人数が集まるのなら、にぎやかなほうがいいのだ。


バハルとユングヴィ、ラームテインの三人が話し込んでいるうちに疲労が噴出したらしく、エルナーズはいつの間にか布団に沈んでいた。肩は一定の拍を刻んで穏やかに上下している。その表情は安らかだ。

「――なあ、ユンちゃん」

部屋を出て解散したあと、バハルはユングヴィを追い掛けた。ユングヴィを呼び止め、廊下で二人向き合った。

「ユンちゃんにお願いがあるんだ」

「なに？　聞くよ」

「エルのことなんだけどな」

バハルが苦笑する。

「ユンちゃん、そばにいてやってくれない？　もちろんユンちゃんはユンちゃんで仕事があるのもわかってる。けど、できるなら、エルを連れ歩いてやってくれないか？」

うつむいて呟《つぶや》く。

「エルをひとりにしたくない」

そんなバハルに対して、ユングヴィが笑みを見せた。

「荒々しいところばっかり見せることになっちゃいそうだけどね」

「それは、しょうがねーな。でも、ひとりでいる時におかしなことをするくらいだったら、さ」

「うん、それも、そうだ。ひとりでいるよりは、たぶん、マシだよね」

大きく頷《うなず》く。

「わかった。私、できる限りエルと一緒に行動するよ。エルが多少嫌がっても連れていくことにする」

「助かる」

「だいじょうぶ、心配しないで。エルは絶対私が守るから」


自分の顔を見るために姿見の前に突っ立っていたところ、外から戸を叩《たた》く音が聞こえてきた。

ひとの相手はする気になれなくて、エルナーズは無視した。

向こうは諦《あきら》めなかった。もう二度ほど戸を叩く音が響いた。

「入るよ」

ユングヴィの声だ。

すかさず「嫌や」と言った。

聞いてもらえなかった。戸が開いた。

ユングヴィは部屋に入ってすぐエルナーズのほうへ歩み寄ってきた。そして姿見の端をつかんだ。腕を伸ばして抵抗を試みたが、押し退け、姿見を裏返してしまう。

「何すんの」

「ほっとくと一日中見てるでしょ」

ユングヴィの言うとおりだった。眺めたところで何にもならない——そう頭ではわかっているのにどうしてもやめられなかった。

自分がここまで己の顔に執着していたとは思っていなかった。

将軍になるまでは矜持のほかに何も持たずに自由に生きていたと思っていた。心は何物にも囚《とら》われていないはずだった。

怪我をして思い知らされた。

自分は美しかった容貌《ようぼう》と遊女たちとの記憶に生かされていたのだ。

身を売ることを選んで生きてきたのではない。身を売る以外の生き方を知らないのだ。

売れるものがなくなった自分に生きている価値を感じられない。

「どんな怪我だって一日二日じゃ治らないよ。薬を塗って、清潔にして、何日も、場合によっちゃ何ヵ月もかけて、ゆっくりゆっくり治していくものだよ。毎日見てたって焦るだけ。見るなとは言わないけど、思い出した時だけにしなよ」

ユングヴィは正しい。彼女の言うことは何にも間違っていない。それに優しい。エルナーズには彼女がまったく治らないとは言っていないこともわかっていた。

ユングヴィの顔を見た。

頬はいつの間にか滑らかになっていた。彫りの深い二重の目元の上、赤い眉《まゆ》はくっきりとしている。どこから見ても年頃のアルヤ女だ。エルナーズの記憶の中にいる遊女たちと比べれば十人並みだが、サータム男たちからすれば奴隷として買ってでも手に入れたいことだろう。

あれだけ美しいと褒めそやされたエルナーズがこんな顔になったというのに、色気のかけらもないとわらわれていたユングヴィが美しく生まれ変わろうとしている。

「あんたはええな」

「何が」

「元がブスやからちょっといじるだけでもちやほやされるやろ？　今気分ええんやな

い？　特に赤軍は女に飢えてるからあんた程度でもより取り見取りで」

遊女たちの間では美しくあろうと努力する様を嘲《あざけ》ることは許されなかった。どれだけ拙《つたな》くとも美しくありたい気持ちの否定は禁忌とされていた。エルナーズもそれだけはするまいと誓っていた。今の今まで冗談であってもユングヴィの容姿に触れたことはなかった。

「急に色気づいて！　男でもできたんか？　慌てて取り繕ってるの無様やで、どこのどいつが相手だか知らないけど、その程度で振り向いてもらえると思ったら大間違いなんやから」

今の自分こそ無様だ。醜い。見た目がどうこうではない、性根が腐っている。

それでも、言わずにいられない。

「浮かれとる、ブスのくせに」

ユングヴィは唖然《あぜん》とした顔でエルナーズを眺めていた。

彼女からしたら唐突だったろう。エルナーズも自分がこんなことを言うとは思っていなかった。そもそも彼女をそこまでの不細工だとも思っていなかった。彼女を傷つけるためだけにこんなことを言っている。

ユングヴィが動き出した。その手が姿見を離した。

エルナーズはとっさに肩をすくめて目を閉じた。殴られると思ったのだ。ユングヴィが指示に従わない赤軍兵士に鉄拳《てっけん》制裁を加える、という噂は翠軍まで届いていた。

彼女が本気で殴れば自分は頰骨を砕かれるかもしれない。

しかし——いつまで経っても拳《こぶし》が触れる気配はなかった。

衣擦《きぬず》れの音がした。

目を開けて驚いた。

ユングヴィは自ら帯を解き筒袴《つつばかま》を下ろしていた。脚を剝《む》き出しにしていた。

思わず口元に手を当てた。

ユングヴィの左脚の外側の半分には皮膚がなかった。赤黒く盛り上がり、膨れ上がって凹凸を作っている。とても直視できるものではない。

「四年くらい前。仕事で新型爆弾を作っていて、火薬の分量を間違えてぜんぜん想像してなかったところで爆発したんだよ。すごい火事になった。エルは知らないよね、将軍になる前のことだし、その程度のことなんて赤軍ではよくあるから」

自らの左腿《もも》を撫《な》でながら言う。

右脚も綺麗《きれい》ではなかった。右腿、膝《ひざ》の上あたりに大きな傷がある。鉈《なた》か斧《おの》を振り下ろされたかと思うような刃物傷だ。

「上も見る？　見たかったら見せてあげる。三年前の戦で斬られたり刺されたりした傷、数えさせてあげるよ」

言いながら自らの服の裾《すそ》をつかんだ。

「自分とどっちがマシか比べてみてよ」

「ユングヴィ」

「こんな体で普通に脱げると思う？　ちょっと顔いじったくらいで浮かれて男と遊べるって？　この体で！」

結局ユングヴィは上は脱がなかった。服から手を離してエルナーズの服の襟をつかんだ。

「嫁に行けない分一生懸命仕事してやるって決めてんだよ！　その上でできること探してなんとかやりたいようにやってこうって思って生きてんだ！　私は私なりに自分を好きになれるように努力してるってことだ、男の気を引くためだけにこんなことやってられるか！　ふざけんな！　バーカ！」

胸倉をつかまれて引かれた。顔と顔とが近づいた。

「言葉には気をつけろ！　女の子っぽいことしようとしてぐずぐずしている今の私がブスなら顔の傷を気にしてぐずぐずしている今のあんたもブス！」

エルナーズは目を丸くした。

それは、エルナーズが、自身をバカだと言うユングヴィへいつか投げつけてやろうと思っていた言葉と、まったく、同じ構造だった。

　ユングヴィはそのうち、呆然《ぼうぜん》としているエルナーズの襟を解放した。目を逸《そ》らして、溜息《ためいき》をついた。

「ごめん。かっとなって言っちゃった。やっぱり、私のほうが、マシかも。脱がなきゃわかんないと思うからね」

　彼女は「ごめんね」と繰り返した。

　途端、エルナーズも彼女に対して申し訳なく思った。

「けどさ、傷があることで、自信、なくさないでほしい。私にとってはエルはあこがれだったんだ。いつもきれいにしてるし、十神剣で一番美容とか服飾とかに詳しいのはエルだと思ってるから。そういうエルをかっこいいって思ってるから。だから……気にするなったって、無理だと思うけど――」

　呟《つぶや》くように言う。

「体に傷がひとつやふたつできたくらいじゃそのひとの価値は変わらない。私はそう教わった」

　誰に――そう問い掛ける前に戸が叩かれた。外から「ユングヴィ？」と訊《たず》ねてくる声が聞こえてきた。ラームテインの声だ。

　ユングヴィは慌てた様子で筒袴をはいた。急いで帯を締めながら返事をした。

「いるよ」

戸が開いた。

案の定、ラームテインが顔を見せた。

整った白い顔は誰よりも美しい。こんなところでユングヴィと小競り合いをしても
どうせ十神剣で今一番の美人はラームテインだ。

どうやらユングヴィも同じことを思ったらしい。彼女がぼやいた。

「なんだかんだ言ってラームは顔可愛くていいよね」

「はあ、僕がですか」

ラームテインが首を傾げた。

「まあ、僕の顔は確かに美少年として値がつく代物ですが――」

「自分で言うんかい」

「将軍としての仕事には何ら役に立ちません。十神剣の他の皆さんや紫軍の皆さんに
顔を褒められたところでまったく実績にならないんですよ。したがってどうでもいい
です」

真理だった。

ユングヴィとエルナーズは、顔を見合わせて、溜息をついた。

「いつ出掛けます？　どうせなら僕も連れていっていただけないかと思って捜してい
たのですが」

ラームテインに言われて、ユングヴィが「あ、そうだった」と手を叩《たた》いた。

「私ちょっと下町に行かなきゃいけないんだ、エル一緒に来てよ——っていうお誘いに来たんだった、忘れてた」

「はあ？　なんで俺が、二人で行きぃや」

「将軍の中であんたが一番タウリスの地理知ってるでしょ、助けてよ。案内して」

「嫌やめんどくさい！　誰か翠軍の兵士連れていって」

「ここでずっと引きこもっていても暗くなるだけ！　気分転換しよ」

「ちょっと——」

ユングヴィがエルナーズの右肘《みぎひじ》をつかんだ。そのまま戸のほうへ向かって引きずり出す。

「ほら、行くよ！」

「わかった、行く！　行くわ！　行くから着替えさせて！」

エルナーズは慌てて叫んだ。

「城に避難してる人の数がね、想定よりも少ないんだ」

三人それぞれ馬にまたがり、少し急ぎ足で下町をゆく。

平生は子供たちが駆け回り老人たちが将棋に興ずる路地にも、今はひとけがない。

「特にチュルカ人。バハルがタウリスの住民は三人に一人くらいチュルカ人って言ってたけど、今城にいるのはほとんどがアルヤ人で、チュルカ人はすごく少ない。割合がちょっとおかしいんだ」

「ほっといたら？」

ユングヴィの馬と馬の鼻先を並べつつ、エルナーズが言う。

「どうせまたあの部族がいるなら行くとかこの部族がいるなら行かないとか言うてるんやろ。チュルカ人っていっつもそう、自分の部族の利益が大事で、外野からアルヤ人がなんか言うても聞かへん。好きに自滅させたって」

後ろから一馬身おいてついてきたラームテインが口を挟んできた。

「そういうわけにはいきませんよ。へたに残しておいて留守の住宅を荒らされたら困ります。あるいは帝国側に寝返るかもしれません。城で一元管理をしたほうがいい」

ユングヴィが「うーん」と唸《うな》る。

「そういうもんかなあ。私は、チュルカ人のことも助けなきゃ、って思ってるんだけど」

ラームテインは涼しい顔で「そうですね」と応じた。

「チュルカ人は労働力にも軍事力にもなりますからね。戦争が終わったあとのことを考えれば、これ以上人口が流出するのも困りものです」

「そういうのもなんかちょっとちがくて……、タウリスに住んでいる以上は、他の住民と一緒の扱いをしたい、っていうか――私甘いかな」

「甘いです。自分たちをアルヤ人とは違うと思っているのは向こうのほうです」

ラームテインの言葉に気圧《けお》されたのか、ユングヴィは小声で自信がなさそうに語った。

「だって、現に、違うし。でも、違うから、いいことって、あるんじゃないかな、とか、思ったり、思わなかったり。いろいろおもしろいんだよ、自分たちの祖先を狼だと思ってるとか、植物をすごく神聖なものだと思ってるとか。私、そういう話聞くの好きだなあ」

「そういう悠長な話は平和な時にどうぞ」

夢物語のようなことを語るユングヴィに対して、ラームテインが冷たいことを言った。ユングヴィはうなだれて「ごめん」と答えた。エルナーズは溜息をついた。

これで話が終わるかと思っていた。

「でも――」

誰かに反論するなど、今までのユングヴィからは考えられないことだった。

「私、最近、チュルカ人だけじゃなくて、サータム人も気になるんだ」

ラームテインが「どういう意味で？」と突っ込んだ。声こそ弱々しかったが、ユングヴィは黙りまではしなかった。

「ウマル総督の死体が宮殿に運ばれてきた時、ソウェイルがさ、泣いてたんだ。最近人前ではあんまり泣かなくなってたんだけどね、久しぶりにね、ぼろぼろ涙をこぼして悲しんでた」

「ソウェイル王子が？　ウマル総督のことを？」

ユングヴィが苦笑する。

「私はサータム人なんてみんな一緒だと思ってた。ウマル総督のこともサータム人だから嫌いだった。でも、なんでサータム人が嫌いなんだろう？　なんで私、チュルカ人には優しくしようと思えるのに、サータム人はやっつけなきゃって思ってるんだろう。ソウェイルはたぶんそんな風には思っていないんだ、って思うと――この違いって何なのかな」

不意に金属のこすれ合う音が聞こえてきた。細工物がぶつかり合う音だ。

音のするほうに目を向けた。

狭い小路《こみち》から、まだ五、六歳とおぼしき幼女が二人、顔を出していた。二人とも、赤い石のついた、大きな金の細工の耳飾りをつけている。そして、刺繍《ししゅう》の入った小さな帽子を頭にのせていた。

チュルカ人だ。

ユングヴィもラームテインも幼女らのほうを見た。

目が合った途端、二人とも慌てた顔で路地の奥のほうへ引っ込んでいってしまった。

「待って！」

ユングヴィが馬からおりる。手綱を放り出して「ラームお願い」と叫ぶ。ラームテインが「えっ」と戸惑った声を出す。

ユングヴィが駆け出した。

これはどこで何をやらかすかわからない。誰かが見ていてやらねばなるまい。

エルナーズも馬からおりた。あの狭い路地を馬で行くのは難しいと思ったのだ。

「ラーム、俺も行くわ。よろしゅう」

ラームテインが「そんなあ」と頼りない声を上げる。エルナーズはこういう時だけ都合よく、彼も十神剣の弟である以上姉や兄には従うべきだ、と思って無視した。

ユングヴィの背中を追い掛ける。足の速いユングヴィには追いつけそうになかったが、通りに幼女たちとユングヴィ以外の姿がないので見失うことはなかった。

幼女たちは角をふたつ曲がった。規則性のない裏路地を迷わずに走っている。きっと地元育ちだ。この街には都市に住むことを当たり前に思って暮らすチュルカ人がいるのだ。

ふたつ目の角を曲がった直後、ユングヴィが立ち止まった。

出入り口となる部分こそ狭かったが、奥にはちょっとした空間が広がっていた。

そしてそこに何人もの男たちが座り込んでいた。

幼女のうちの片方は、赤地に金糸の刺繡の施された服を着ている青年の背後にまわった。肩につくほど長い黒髪は細かく編み込まれている。頰には大きな傷がある。腰の革帯には赤い石のついた金細工をつけていた。

もう片方は、紺地に銀糸の刺繡の施された服を着ている中年男の背後にまわった。上唇が口ひげで隠れている。短く切られた黒髪に小さな帽子がのっている。指には銀の指輪が輝いていた。

この二人だけではなかった。誰も彼も筋骨隆々とした肩に鋭い目つきをしている。屈強なチュルカの男たちだ。

男たちが立ち上がった。ひとり、またひとりと腰を上げ、最終的には全員が立ってユングヴィとエルナーズを舐《な》め回すようににらみ始めた。

ユングヴィが一歩下がった。さすがの彼女も獰猛《どうもう》なチュルカの男たちに囲まれるとたじろいでしまうらしい。エルナーズもついユングヴィの背中に身を寄せてしまった。

威圧感が並ではない。身長はみんなユングヴィと同じか少し高い程度のはずだが、たくましい体軀《たいく》や複雑な髪形、帽子のせいでひと回りもふた回りも大きく感じる。

幼女たちは恐れることなくそれぞれ男たちの脚へ腕を回してしがみついている。父親なのだろうか。愛らしい幼女たちといかつい男たちが頭の中で結びつかない。

しかし――

「迷子か？　ええ？　アルヤ人の小僧ら」

男から出てきた言葉は流暢《りゅうちょう》なアルヤ語だった。それもこの国に住んでいなければわからないような俗語で、しかも西部方言特有の抑揚がある。

「ここは坊たちが来るようなとこやないで」

「悪いことは言わん、帰りや」

ユングヴィが後ろに左手を回してエルナーズの右手首をつかんだ。

「ちょっと、何の真似」

小声で訊《たず》ねる。

「だ、大丈夫だからね、私がいるし、だいじょーぶ、だいじょーぶ」

ユングヴィの声が震えている。

「あんたのほうがぷるぷるしてるやないの」

赤地の服の男が鼻で笑った。

「なんや、こっちは嬢ちゃんか。こんなところで逢《あ》い引きか？　お城の外は危ないって翠軍のおじちゃんたちに教わってへんのか」

斜め後ろから見ていても、ユングヴィが唾《つば》を飲んだのがわかった。

「私は、赤将軍ユングヴィ。タウリスの住民の避難誘導のために城下を巡回していま す。あなたたちはこのへんに住んでいる人たち？」

男たちが目配せし合った。目線が時折ユングヴィの背中の赤い神剣に触れる。それはどんな言葉よりも雄弁に彼女が赤将軍であることを物語る。

「それやったらこっちの坊は翠将軍エルナーズか」

今日はエルナーズも念のためとユングヴィに持たされて翠《みどり》の神剣を背負っていた。こんな形で身分証明をしたのは初めてかもしれない。背筋が粟立《あわだ》つ。

「俺たちはこのタウリスの西市場のチュルカ人街を取り仕切ってるもんや」

次々と乱暴な言葉を投げ掛けられた。

「せやから、何やて？　俺らがここらに住んでたらあかんのか」

「西市場のアルヤ人たちゃみぃんなお城に行ったたで、俺たちゃ俺たちでのびのびやらせてもろてるところや、邪魔すんのか」

「将軍だか何だか知らんけどアルヤ軍には大人の男はおらんのか？　こんなとこまで女子供をやって恥ずかし思わんのか」

「ちょっとユングヴィ」

エルナーズが自分の手首ごとユングヴィの手を揺らす。

「ええやん、もう。この人らの言うとおりや、翠軍や赤軍の人らに任せたらええわ。

なんでわざわざあんたが」

もっと言えば、お飾りの将軍である我々が、といったところだったが、一般人の前でそこまで言うのはためらわれた。

しかしユングヴィはきっぱり答えた。

「私、決めたんだ。将軍として何ができるのかもっとよく考える、って」

どんな心境の変化だろう。自分の傷を気にして部屋に引きこもり、ユングヴィとの対話を怠った自分を省みる。もともとは十神剣の仲間と馴《な》れ合うつもりはなかったはずだが、こんな風に巻き込まれるなら情報を収集しておくべきだった。

「赤軍のぽんこつどもがチュルカ人のみんなを助けてくれないんなら、私がやります」

不安ゆえか手は細かく震えているが、彼女は諦《あきら》めなかった。改めてチュルカ人をまっすぐ見つめる。

「みんな、お城に来て。ここは危ないから。みんなわかってるんでしょ、アルヤ軍の言うことを聞いて」

真剣なユングヴィを馬鹿にして、男たちが鼻で笑う。

「誰に向かって口利いとんのや」

「何が危ないって？　俺たちが、あんたらにとって、か？」

「お嬢ちゃんこそ早くお城に帰りや、危ないで」

肩で大きく息を吸い、吐く。

「もしかしたらみんなチュルカの戦士で私より戦闘力の高い人たちなのかもしれない。でも、私は、強かろうが弱かろうがみんなを守りたいんだ。とにかく、どんな人でも戦場に置き去りにしたくないんだ」

そこで、彼女は、「お願いします」と言って頭を下げた。

「みんながばらばらのところでばらばらの行動を取っていたら助けられるものも助けられなくなるかもしれない。私にできることは限られてると思う、だから、今のうちに助けられてほしい。私に守られてほしい」

ユングヴィの言葉に驚いたのだろうか、男たちが一度口を閉ざして再度目配せし合った。

エルナーズも驚いた。まさかチュルカ人に頭を下げるアルヤ人がいるとは思っていなかった。いったい何がユングヴィにそこまでさせるのか。

「せやかてなあ」

紺地の服の男が、幼女の頭を撫《な》でながら言う。

「あんたら、三年前、俺らをここに置いていったやろ」

ユングヴィは弾《はじ》かれたように顔を上げた。

「俺たちはアルヤ軍が守ってくれはると思ってへんねん」

「ごめんなさい」

蒼《あお》い顔をして呟《つぶや》く。

「私、三年前の西部戦線のこと、よく、知らなくて」

「お嬢ちゃんが謝ることやない。あれは黒《くろ》将軍サヴァシュの判断やったんやろ」

ユングヴィに握られたままの右腕を引いた。暗に引き返そうと告げたつもりだった。

アルヤ人とチュルカ人の溝も決定的で埋め合わせできるものではない。チュルカ人たちが自分たちアルヤ軍の人間の言葉を聞き入れるはずがない。

何を言っても無駄だ。

お飾りの将軍であるユングヴィががんばっても、どうにもならないことはある。

エルナーズが口を開きかけた、その時だった。

「ブ・メニング・ホティニム」

突然、ユングヴィが呪文《じゅもん》のような言葉を唱え始めた。

「イルティモス・ウンガ・ヨルダム」

男たちがざわめき出した。

「もし、タウリスでチュルカ人たちと何かあったら、こう言うように、って。サヴァシュに言われました。私には意味がわかんないけど」

そこでうつむく。

「チュルカ語なんだよね。みんなには伝わるんだよね」

突如チュルカ語の言葉が飛び交い始めた。ユングヴィもエルナーズも一瞬呼吸を止めた。男たちが何について話しているのかわからなかったからだ。自分たちのわからない言葉でおそらく何かよろしくないことを言われている——そう思い体を固くした。

紺地の服の男が一歩前に出た。

「それは、ほんまに、あの黒将軍サヴァシュが、嬢ちゃんに、言え、言わはったんやな」

ユングヴィが二度三度と頷《うなず》く。

チュルカ人たちが興奮している。何事だろう。ユングヴィは、サヴァシュは、いったい、何を言ったのだろう。

『おい、聞いたか？　お前ら知っていたか？』

『何だって？　聞き取れなかった、もう一回言ってくれ』

『「俺の女房だ《ブ・メニング・ホティニム》、どうか助けてやってくれ《イルティモス・ウンガ・ヨルダム》」だと』

『黒将軍殿のかみさんだったのか！』

『わからない、彼女は意味を知らないと言っている、何か事情があるのかもしれん』

ややして男たちが黙った。視線がユングヴィに集中した。

紺地の服の男が代表して口を開いた。

「もう一回確認させてくれ。ほんまに、黒将軍サヴァシュが、あんたに、言え、って言わはったんやな」

ユングヴィがまた頷いた。

次の時、紺地の服の男が、穏やかな手つきでユングヴィの腕を優しく叩《たた》いた。

「誤解してはるようやけど、俺たちは黒将軍サヴァシュに恨みはないで。むしろええ男やったと思ってる。あの男は道理を通した。戦士として戦士の血を引く俺たちに礼を払っていったんや。きちんと俺たちに話をして、俺たちにタウリスを託していった。俺たちは、誇りをもって、アルヤ軍の人間としてやなく、アルヤ住まいの、タウリスっ子のチュルカ人としてサータム軍と戦うためにここへ残った。今となっちゃああええ思い出や」

ユングヴィの肩から力が抜けた。

「そっか、サヴァシュ、あの時そんなことまでしてたんだ」

「あの男は戦士の中の戦士や。あんたはあの男を信頼してええ」

赤地の服の男が紺地の服の男にチュルカ語で何かを耳打ちする。紺地の服の男が頷く。

「黒将軍サヴァシュがそう言わはるんやったら俺たちも筋を通す。ここにいる十七の氏族の男たち、家に帰って掻《か》き集めても千にもならん数やけど、定住したとて魂は今も戦士や。なんとか馬を用立てて、騎兵としてあんたの武力になったろう」

「えっ、そこまで？」

ユングヴィがたじろいだ。

「ちょっと待ってよ、私何言わされたの？」

「心配せんとき、あんたが安心するなら女子供は城にやったるわ。せやけど俺たちはあんたと一緒に三年前の続きをする、それが戦士の道義や」

男たちが笑みを見せる。

『嫁の前だ、顔は立ててやれ』

『まあな、結婚祝いだと思えば』

『たまには愛のために戦うのも悪くない』

『どれ、若い二人のためにひと暴れしてやろう』

そして、笑顔で宣言した。

「三日以内に支度をして城に上がる。待っとれや」

またユングヴィの肩を叩いてから、彼は「解散」と言って歩き出した。ユングヴィとエルナーズの脇を抜けて路地へ出ていく。それを皮切りに他の男たちも次々と動き出す。

最後、赤地の服の男が幼女を抱えて向かってきた。

すれ違った瞬間、機嫌の良さそうな顔をした幼女が、ユングヴィに大きく手を振った。

『またね、おくさん』

ユングヴィが眉間《みけん》にしわを寄せた。

聞き取れなかったエルナーズは、ユングヴィに「あの子今何て？」と問い掛けた。

彼女は「私が知りたい」と答えた。

男たちの出ていったほうへ目を向けた。

よく見ると、壁の陰にラームティンが隠れていた。

「あ」

目が合う。ラームティンが気まずそうに顔を背ける。

「なんだ、いたの？　声掛けなよ」

「すみません、出ていける雰囲気ではない気がしてしまって……」

「ええ度胸やな、俺たちにばっかりこんなことさせて」

「別にいいよ、なんとかなりそうだし」

ユングヴィは真剣な顔で「ところで」と続けた。

「ラーム、チュルカ語わかる？　ブ・メニング・ホティニム、イルティィモス・ウンガ・ヨルダム、って、どういう意味かわかる？」

ラームテインは「わかりません」と即答した。けれどその目は泳いでいる。彼は本当はきっとわかっている。ユングヴィに教えたくないのだ。

「だよね、今度会ったらちゃんとサヴァシュに確認しよ。今度こそ流されないぞ」

疑うことを知らないユングヴィは溜息《ためいき》をついてからそう言って大通りのほうへ歩き出した。

「俺にはこっそり教えて」

「わからないと言っているじゃないですか。サヴァシュ本人に訊《き》いたらどうです？僕は知りませんよ」

ラームテインがユングヴィを追い掛ける。エルナーズも舌打ちをしてから足を進めた。

「ずっと一緒にエスファーナにいたのにぜんぜん気がつかなかった……僕もまだまだということだな」

「なんや、はっきり言いや。気になるやないの」

炎の爆《は》ぜる音がする。

「――は、――と――村へ」

「──村へは、──が。……ちょっと、返事！　ちゃんと聞いてる？」

「おう、聞いてる聞いてる！」

夜の闇の中、タウリス城の裏手、裏門前の広場で、何十という炎のかたまりが揺らめいている。赤軍の小隊長たちが集合していて、それぞれが手に持った松明《たいまつ》に火がついているのだ。

しかし、月や炎の光の中に男たちの姿が浮かび上がることはない。男たちが皆一様に黒い装束を身につけているからだ。明るいところで見れば揃いのものではないとわかるが、細く頼りない月のもとでは全員同じ黒装束に見えた。

小隊長たちは、列を整えることもなく適当に座り込んで、ひとり立って指示を飛ばす彼らの将軍を眺めている。

「これで全部かな。名前呼ばれなかったってひといる？」

居並んだ男たちを見回しつつ、ユングヴィが大声で問い掛けた。男たちは笑いながら手を挙げ、陽気な態度で叫んだ。

「もう一回呼んでくれ！」

「お前に名前を呼ばれたい！」

げらげらと声を上げる様子には品がない。

「了解！」

彼らはユングヴィをからかっていて、名簿を読み上げる務めをかって出たユングヴィを冷やかしている。言葉の表面的な意味だけ取れば好意的に聞こえなくもないが、エルナーズには彼らの態度が飲み屋の酌婦に甘える時のものに見えた。

ユングヴィも自分がこの期に及んでもまだ侮られていることをわかっているのだろう。一度大きく溜息をついた。だが、次の時には気を取り直して笑顔を作った。

「何度でも呼んでやるから名乗り出な」

また、どっと笑いが巻き起こった。エルナーズも溜息をついた。これは完全にナメきられている。

みんな、一生懸命なユングヴィを嘲笑《あざわら》って楽しんでいる。

それにわざわざ乗りかかるユングヴィもユングヴィだ。後ろに下がって黙って様子を見ていればいいものを、何を思ってこんな仕事をする気になったのか。

赤軍は都のごろつきが給金目当てに集まったならず者集団だと聞いていた。実際行儀は良くない。整列もできないし黙っていることもできない。将軍の名を呼び捨てにして軽々しい口を利く。翠軍ではありえない態度だ。

こんな軍団を前にしてユングヴィもよくやる。それでも将軍としてやりたいこととはいったい何だろう。

ただ、ひとつだけ、観察していて気がついたことがある。

全員がちゃんと前に立つユングヴィを見つめている。誰ひとり目を逸《そ》らすことなく、ユングヴィに顔を向けている。

みんなユングヴィに興味はあるのだ。

「ここからは別行動になるけど、余計なことしたら誰かが私にチクると思ってやりなよ」

ユングヴィが真剣な目で言う。言葉遣いは平易というより乱暴で他の部隊の幹部が聞いたら卒倒しそうな俗語交じりだったが、赤軍の兵士たちにはそのほうが響くのかもしれない。

「まあ、私に知られたところで何、って思う人もいるかもしれないけど。私、すっごく怒るからね」

彼女がそう言うと、急に一同が静まった。

次の時、エルナーズは驚いて目を丸くした。

「私、決めたんだからね。ソウェイルを王様にする前にあんたたちをどうにかするって決めたんだから」

ようやく話がつながった。彼女の変化の一番の理由はソウェイルだったのだ。ソウェイルを表舞台に返したことで、かえってソウェイルの保護者としての意識ができてきたのである。

けれど、その理屈が赤軍兵士たちに通用するかといったら別だ。赤軍兵士はどちらかといえばエルナーズに近い存在、つまり夜の闇の中での活動のほうが多い人間の集まりだ。ソウェイルという太陽に素直に従うだろうか。

ユングヴィが真面目な声で続けた。

「言うこと聞かない奴はぶん殴るからね。最悪追い出す。ソウェイル王の時代にいらないやつは今ももうすでにいらないから」

兵士たちが唖然《あぜん》とした。

彼女は強くなった。これが『蒼《あお》き太陽』効果か。

「ねえみんな、よく聞いて」

赤軍の野郎どもがユングヴィの言葉に耳を傾ける。

「私が今やろうとしていることはけしていいことじゃあない。下手すりゃ末代まで祟《たた》られるかもしれない。こんな仕事をみんなに持ってきた私って嫌な将軍かもしれないな、って思ったりもする。でも、私、みんなのこともう一回信じるよ。みんなならできるって信じてる。こういう仕事ができるみんなを自慢に思うし、他の将軍たちにもうんといい感じに話すよ。だからみんなも、こんな頼りない将軍だけど、今回は私にタマ預けてほしい」

しゃべるのがへたなユングヴィの長い台詞《せりふ》を、一同は聞き入った。

「まさかいないと思うけど、念のために聞くよ。万が一正義とか道徳とかそういう人間らしいものが好きな人がいたら、今すぐ出ていくといい。今ならまだ追い掛けないから安心して行きな」

だが誰ひとりとして立ち上がらなかった。

「私らの名前は、絶対歴史に残らない」

女将軍が断言する。

「私らは神の軍隊である蒼軍とも軍の花形である黒軍とも違う。誰も私らのことを良く言わないよ。それでもやってやるって言う気概のある奴だけ立ちなさい」

一斉に、全員が立ち上がった。ユングヴィが「よし！」と大きな声で言った。

「テメエらに戦う理由をくれてやる！テメエの命のためだ！どんだけかっこよく華々しくお綺麗《きれい》に戦ったってアルヤという国が滅んじまったらアルヤの軍人のテメエらも死ぬ！生きるために意地汚く戦え！」

それこそ、ユングヴィが神剣を抜いてからのこの五年でたどりついた真理なのだ。

「お国のために戦うっていうのはなあ、生きる場所を決めるってことなんだよ！テメエで選んだテメエの生きる場所を守るってことなんだよ！」

エルナーズは震えた。

ユングヴィは強くなったのだ。

「私は綺麗事は言わない！　乗り切れ！　戦争が終わったら報奨金が出る、女への土産話もできるぞ！　おもしろおかしい明日《あした》のために仕事をしろ！　生きて遊ぶために働け！」

ユングヴィが拳《こぶし》を突き上げた。

「太陽はどんなクズの上にも輝く！」

兵士たちが勝ちどきを挙げた。

今ここで、ようやく、赤軍はひとつになった。

結局金を得る快楽と組織を追い出される恐怖でまとまったような気はしなくもないが、何はともあれユングヴィの言葉で話はうまく進んだ。

いい感じだ。

赤軍はなんとかなる気がする。

「以上、解散」

ユングヴィが言った。

男たちがそれぞれ歩き始めた。ある者は城のほうへ、またある者は馬にまたがって進み始める。いずれにせよさっそく自分の小隊をまとめて任務に取り掛かろうとしている。

中からとりわけ大柄な男が出てきた。右目を縦断するような傷のある、白髪交じりの男だ。腕は太くたくましく、眼光も鋭い。赤軍の副長マフセンだ。

彼は父親のような優しい目と声でユングヴィに話しかけてきた。

「行くぞ、ユングヴィ。お前は俺と来い」

ユングヴィが「行くよ」と応じる。

「でもちょっと待ってて。先に行ってて、すぐに追いかけるから」

「なんでだ、どうかしたか？」

「うるさいな、女には女の事情があるんだよ」

「あー、だいたいわかった。早く支度しろ」

副長が手を振りながら離れる。

その背中を見送ることなく、ユングヴィは突然走り出した。

「ユングヴィ？」

副長にああいう言い方をしたので、一応生物としては男性である自分も今は触れないほうがいいのではないか、とも思った。

だが、エルナーズは女所帯で育っていて、女の体の生理的な部分についてもある程度の知識はあるつもりだ。

それに、何かが引っ掛かった。虫の知らせ、というのは、こういうことを言うのかもしれない。

ユングヴィが壁際にしゃがみ込んだ。

嫌な予感がした。

エルナーズが声を掛ける前に、ユングヴィは肩を大きく震わせた。口を大きく開け、城壁の下部に向かって胃の中身をぶちまけた。

激しく咳《せ》き込むユングヴィの背中を、おそるおそる撫《な》でた。

「調子悪いの」

ユングヴィが荒い息をしながら頷《うなず》く。

「ちょっとね。でも大したことじゃない、気にしないで」

かがり火で見える表情は険しい。とても大丈夫そうには見えない。

「仕事はできる、問題ないよ」

「生理なんやなかったんか？　それとももともと胃に来るひとなの？」

「うそ。生理はタウリスに来てからずっと来てない」

エルナーズは目を丸くした。

ユングヴィが振り向いた。彼女の黒い瞳《ひとみ》はなおも強い輝きを燈《とも》していた。その鋭さはエルナーズに狩りへ赴く獣を連想させた。飢えのために仕方なく本気で戦うはめになった後のない獣の目だ。

「悔しい」

吐き出すように言う。

「この程度のことで神経が参ってるんだ。たかだかちょっと戦争になったくらいで何なの、普通の女の子じゃあるまいし。こんなこと副長たちにバレたらまたバカにされるに決まってる、だから絶対ひとには言わないで」

エルナーズの肩をつかんだ。その手は震えていた。

「緊張してるだけだから。三年前もこうだったから、大したことじゃないよ。もしこの先情緒不安定なこと言い出しても興奮してるだけだからまともに取り合わないでね。お願い」

「ちょっと、あんた、何言うてるん」

「大丈夫だから！　しっかりしろって叱ってよ！」

不意に目の前に革袋が差し出された。握った拳をふたつ連ねたくらいの大きさの、丸い水筒だ。

水筒を持つ手の持ち主を見た。

いつかタウリスの中央市場で見た、あの夜に襲われて乱暴されかけていたチュルカ人の少女だった。

彼女は、頭を刺繡《ししゅう》の入った布で覆い、いつぞやの裾《すそ》の長いアルヤ民族の服ではなく騎馬に適したチュルカ民族の衣装を着て、背には矢筒を負っていた。まるで定住していないチュルカの戦士の娘のように見えた。
「どうぞ、ただの水です、飲んでください。喉《のど》が焼けてしまいます」
目を丸くしつつも、ユングヴィは「ありがとう」と言って水筒を受け取った。
「えーっと、あんたは？」
水を飲んでいるユングヴィに代わって、エルナーズが少女に問い掛ける。
「ユングヴィ将軍のお力になりたくて来ました。タウリスの人間ですが祖父は戦士で
わたしも弓の心得があります。使ってください」
「やめときなよ」
水筒から口を離して、ユングヴィが言う。
「お綺麗な仕事じゃないよ。戦場にかっこよく戦いに行くわけじゃない、ひとを追い
出して建物を壊すために行くんだ。名誉なことなんてひとつもないよ、ひとに恨まれ
に行くようなもんだよ」
しかし少女は大きく頷いた。
「わたしは両親ともチュルカ人やけど、タウリス生まれタウリス育ちです。タウリス
を離れるつもりはありません。タウリスを守るためやったら何でもします。それがお
国のために戦う理由になるって言わはったのはユングヴィ将軍です。今のわたしやっ
たらアルヤ軍と一緒に戦えます。将軍についていきます」

ユングヴィは「そうだね」と苦笑した。

「おもしろくないことだらけだけどね。それに赤軍は見てのとおり荒くれだらけだよ、怖くない？」

少女は素直に答えた。

「怖いです。今でもあの日のことを夢に見ます。アルヤの男の人を見ると嫌な気持ちになります。そやけど、わたしはそれでもここで生きるて決めたんです。そのためにはユングヴィ将軍と一緒に戦うのが一番やと思ったんです」

ユングヴィが腕を伸ばした。少女の体を軽く抱き締めた。少女が笑った。

エルナーズは苦々しく思った。

一生懸命になることはかっこ悪いことだと思っていた。いつも涼やかに生きていたいと思っていた。けれどなんだかんだ言って必死に生きているユングヴィのほうがこうして味方を増やしていくのだ。

自分はいったい何をしているのだろう。

「お体の調子が悪いならなおさらです。わたし、余計なことは言いません。おそばに置いてください。せめて身の回りのお世話だけでもさせてくれはらしまへんやろか」

「わかった。ありがとう」

体を離し、向かい合う。

「行くよ」

底抜けに蒼《あお》い空を鷹《たか》が舞う。

空は今日も蒼く晴れ渡っていた。まるで何事もないかのようだ。日常が当たり前に続いていて争いなどどこにもないかのようだ。

鷹が降下を始めた。緩やかに旋回したのち、革の手袋をつけたラームテインの左腕におりてきた。鷹の鋭い爪がラームテインの華奢《きゃしゃ》な手首をつかんだ。

「よしよし、いい子だね」

右手でつまんでいたうさぎの肉を与える。鷹が肉を咥《くわ》えたのを確認してから、腰の手拭《てぬぐ》いで手を拭《ふ》く。

鷹が肉を食べているうちに、ラームテインは鷹の足にとりつけられている金属の筒を右手だけで器用に外した。

中から紙片が出てきた。やはり片手で紙片を広げる。

秀麗な顔に憂いを浮かべ、溜息《ためいき》をついた。

壁の扉が開いた。出てきたのはバハルだ。

「ナーヒドの鷹か」

「はい」

頷いて答える。

「残り三日の道のりに相成《あいな》り候《そうろう》。黒軍先んじて出立す、宜《よろ》しくお頼み申し上げ候《そうろう》。以上です」

「何だ？　また喧嘩《けんか》したのか？」

「仔細《しさい》は書いていないですね」

「サヴァシュが早まったんじゃなければいいけど。あいついっつも独断で単独行動だからなあ」

「ありえます、戦いたいのかもしれません。都でもずっといらいらかりかりしていました」

「それはラームが強引に裏方をさせたからでは……」

紙片をふたたび丸めて、バハルのほうへ向かって差し出した。バハルが腕を伸ばして受け取った。

「いずれにせよ、蒼軍であと三日の距離なら、黒軍は一日二日で来るでしょう」

ラームティンの瞳が輝く。

「黒軍の戦力があれば帝国軍を迎撃できます。到着し次第すぐウルミーヤ近郊で陣を張っていつでも展開できるように支度をします」

山地のほうを見やった。

「帝国軍は今やすぐそこですからね」

ウルミーヤはその山の手前、タウリスから見ると湖を挟んですぐ西にある町だ。ラームテインの作戦どおりに事が進んでいれば今頃赤軍によって廃墟《はいきょ》になっている。

「いよいよです」

バハルは苦笑した。

「よかったな、サヴァシュが来てくれたらラームもちょっとは安心だろ」

「ええ、この調子でいけばウルミーヤで僕の計算どおりに両軍が激突します。荒ぶるチュルカの戦士たちの牙《きば》が、帝国軍の軍勢をばったばったと薙《な》ぎ倒し兵《つわもの》どもを屠《ほふ》る。血沸き肉躍る合戦の始まりです。準備をしたかいがありそうです、ひと安心ですね」

「そういうんじゃなくてな……ラームテインさんもうちょっと可愛いこと言ってもいいのよ」

「ただ、ユングヴィが少し心配です」

鷹を腕に留《と》めたまま、バハルのほう――城内へ通ずる扉のほうに向かって歩み寄ってくる。バハルは受け止めるようにそのままの体勢でラームテインを見つめる。

「赤軍が城を発《た》ってもう何日です？　この間一度も連絡がない」

「そうだな、心配だな。ユングヴィ、最近あんまり顔色良くなかったもんな」

「はい、ユングヴィを動かせなくなったら困ります。赤軍が想定の八割以上をこなすことを前提に作戦を組んでいますからね。赤軍は翠軍と違って命令系統がよくわかりません、彼らにとってのユングヴィが何なのかいまだによくわからないんです。ユングヴィ本人はいても何もさせてくれないと言うのに、副長以下は彼女を取り上げようとすると抵抗する。意味不明だ。とにかく軽率に彼女の代理を立てられません」

「もう一回言うけど、ラームティンさんさ、もうちょっと可愛いこと言ってもいいんだぜ？」

「難しいところです。僕は良い軍隊とは頭をすげかえても作戦を遂行できる規律の整った集団であると認識しているのですが、誰か人気者が率先して戦うことで士気が上がり不利な戦いにも臨めるのも確かです。まして将軍とはそういうものではありませんか、いることに意味が、価値がある」

そして呟《つぶや》く。

「こんなこと、他国の軍隊ではありえないと思うんですけどね……ユングヴィがいなくなった時赤将軍の代わりはいない。いったいどうしたらいいんだろう」

バハルが顔をしかめた。

「ラーム、ひょっとして何かユングヴィに頼み事してる？」

「どうしてそう思うんです？」

「なんか心配の仕方が引っ掛かる。よっぽど危ないことさせようとしてんのかな、って。ユングヴィ今そんなすごい危ない橋渡ってる？　ユングヴィに何かあった時——ユングヴィがラームの計算どおりに動けなかった時、何か致命的にヤバいことでもあるの？」

ラームテインの、鷹のいないほうの腕を、バハルがつかんだ。

「俺の知らないところでユングヴィに何か言った？」

バハルの瞳《ひとみ》は真剣そのものだ。

「やめてくれ」

ラームテインは変わらぬ涼しい顔でバハルを見ている。

「何でも俺に話してくれ。何してもいいけど、勝手に動くことはするな」

「なぜです？」

「お前らのことは守ってやりたいんだよ」

吐き出す声は苦しい。

「お前ら——ラームと、ユンと、エルの三人。お前ら三人はまだ十代だろ。なんとかしてやりたいんだ。だからみんな何してるのかわかる状態でいてくれよ」

ラームテインがひとつ息をついた。

「十代が何も考えていないと思ったら大間違いですよ」

「それは、そうだけど」

「あなたが信じているほど僕らは純粋ではありません。僕もユングヴィもエルも、あなたに言っていないこと――あえて言わずにいること、たくさんあるでしょうよ」

そして、唇の端を持ち上げた。

「少なくとも僕は、あなたのことも信頼しているわけではありませんので。かと言ってユングヴィやエルを信じているわけでもありませんが」

その様子は妖艶《ようえん》でさえある。

「でも、少し、お話ししましょうか」

「ラーム？」

「今回僕はユングヴィを試すことにしました。それにユングヴィが気づいているかはわかりません。彼女は察しのいいところがあるので、もしかしたらわかっているのかもしれません。ですが、少なくとも僕には何も言わずに行きました」

「どういう――」

「この件について僕はユングヴィには――いえ、誰にも言っていません。バハル、あなたが初めてです」

「何を――」

「身内に裏切り者がいます」

ラームティンはそれでもやはり涼しい顔をしていた。

「僕は都の中枢にウルミーヤで迎撃したいとは言っていません。今赤軍がウルミーヤに集合しているであろうことはタウリスにいる僕らしか知りません。それでももし、帝国軍がウルミーヤに先回りをしていたら、タウリスにいる僕らの中に帝国の内通者がいることになります」

しかしその目は笑っていない。

「僕が帝国軍の人間だったら湖の争奪戦に勝ちたい。まして西部軍管区守護隊から離れた少人数の部隊があるならどこかの部隊と集結する前に殲滅《せんめつ》したい」

「ラーム――」

「赤軍の動きの情報があれば――赤将軍がどこにいるかわかれば。帝国軍は三年前翠将軍と橙《だいだい》将軍を殺して将軍を減らすとアルヤ軍の士気に打撃を与えることができると学習している。今が好機です。殺すなり捕虜にするなり――」

バハルが絶句した。

「逆に、ユングヴィが、無事に帰ってきたら。ユングヴィが無傷だったら、帝国軍に寝返ったのは、ユングヴィ、ということです」

そして、その場に膝《ひざ》を折った。

「お前、いつからそんなこと考えてたんだ」

「エルが怪我をしたと聞いた時からです」

ラームテインがバハルの腕を振り払う。

「もし爆発が翠将軍を狙ったものであったとしたら、犯人はあの日程でエルが西部に帰ることを知っている人間でなければなりません。十神剣の身内か翠軍の人間に限られてきます。火薬の扱いに長《た》けているとなればまず疑うべきは赤軍ですよね」

ひとり城の中へ向かって歩き出す。

「誰かが帝国に情報を流している――そう考えれば、ソウェイル殿下暗殺未遂も。帝国は、ソウェイル殿下がおひとりになる時間、白軍の警備の隙をつくことができる時間帯を知っていた。ソウェイル殿下のおそば近くにいられる人間が怪しいとは思いませんか。ユングヴィか、テイムルか、サヴァシュか――あるいはそのへんと親しい十神剣の誰かです」

語る声は滑らかだ。

「ウマル総督暗殺だって。アルヤ国とサータム帝国を戦争させるため。今のアルヤ軍では帝国軍に勝てない、帝国にとって都合の良い今戦争を仕掛けたい、何か攻め込む口実になるような言いがかりをつけなければならない――そうだ、ウマル総督がエスファーナで死ねばアルヤ人が殺したことにできる。ウマル総督が嫌いなアルヤ人なんていくらでもいるんですから――」

バハルのすぐ横をすれ違うように抜けた。

「ま、僕が考えているだけです。的はずれかもしれませんよ」

「お前本当にユングヴィが怪しいと思ってんのか」

ラームテインは振り向いたが、バハルの背中しか見えなかった。バハルがどんな表情でその言葉を口にしているのかはわからない。

「ユングヴィが、エルやソウェイル殿下を売ったりすると思ってんのか」

「わからないので試しているんです」

また、前を向いた。

「案外犯人はエルかもしれませんよ。疑いの目を逸《そ》らすために自爆したのかもしれません。そもそも刻限どおりに爆発するものを作る技術なんて聞いたことがありませんしね、自分で火をつけたのかもしれない。今だって、ユングヴィと一緒に出掛けているわけですから、隙を見てユングヴィを売り渡すことは可能です」

ラームテインの手が、扉を開けた。

「もうひとつ、いいことを教えてさしあげましょう」

バハルの息が、止まった。

「もし、今日明日中に赤軍が叩《たた》かれたら。黒軍がもうすぐ到着することを知っている僕かあなたが裏切り者です」

バハルはしばらくの間そのままの体勢で空を見上げていた。


窓から炎が噴き出した。窓掛けが炎をまとって夜空を舞った。

老婆は燃え盛る自宅を前にして地に膝をついた。そして、幼子のように大声で泣きじゃくった。両脇に立っていた孫らしき少女たちも、貰《もら》い涙でしゃくり上げ始めた。

ごう、ごう、と噴き上がる。ぱち、ぱち、と爆《は》ぜる。

エルナーズは、ユングヴィの隣で、夜空を飾る煙と炎を黙って見ていた。

「太陽は私たちを救ってくれはるんですよね」

この家の主人だった女がそう言ってユングヴィにすがりついた。頭の布がずれていて振り乱した髪を晒《さら》している。頰には幾筋もの涙が伝っている。

「必ずや、必ずや、サータムの狗《いぬ》どもからこの世の春を取り戻してくれはるんですよね」

ユングヴィは答えなかった。女の服の襟元をつかんで押した。女は体勢を崩してその場に尻餅《しりもち》をついた。

「連れていきな」

ユングヴィが合図をする。両脇から赤軍の兵士たちが現れる。

兵士たちは女の肘《ひじ》をつかむと、彼女を引っ張るように立たせた。

女が何かを叫んだが誰も聞かない。

「おら、来い！　とっとと歩け」

老婆もまた兵士たちに抱え起こされた。後ろから背中を押される。老婆がよろける。少女たちが慌てた様子で歩み寄り、左右からそれぞれに老婆と腕を組んだ。

赤軍兵士たちに囲まれたまま、一家が、山のほうへ向かって歩き出す。

一家を見送るユングヴィの目はひどく冷たい。

「言うてやっても、よかったんやないの」

ユングヴィから目を逸らしつつ、エルナーズは溜息《ためいき》をついた。

「太陽のご加護があるから、って。太陽がサータム人どもを駆逐してアルヤ王国の春を実現しはるから、って。言うてやったらよかったんやないの」

ユングヴィは首を横に振った。

「できない約束はしない」

エルナーズは驚いた。思わずふたたびユングヴィの顔を見てしまった。ソウェイルの世話をしてきた、ソウェイルのために戦うと明言している彼女なら肯定するだろう、と思っていたのだ。

ユングヴィはなおも女たちが消えていった夜の闇を見つめていた。

「あんたはソウェイル殿下ならどうにかできるって信じてるわけやないんか」

「ソウェイルにそんな重荷を背負わせられないよ。あの子、今まだたった九歳なんだよ」

夜の闇は深く暗く日が昇る気配はない。

「ソウェイルならいつかやってくれるかもしれないよ。あの子は大人の期待に応《こた》えようとする子だからね、いつかはみんなの望むとおりの王様になろうと思っているかもしれない。だからこそ――」

ユングヴィの目は冷静だ。

「私がここで適当なことを言っちゃいけない。ソウェイルなら大丈夫だーなんて、簡単に約束しちゃいけないよ」

自分とユングヴィとでは、根本的に、ソウェイルの見方が違うのだ。

エルナーズにとってのソウェイルは『蒼《あお》き太陽』だが、ユングヴィにとってのソウェイルは、九歳の子供なのだ。

エルナーズはこれまで、太陽をタウリスの闇で育った自分に何の恩恵も与えてくれない存在だと認識していた。軍神になり切れない自分が、愛してくれない太陽を奉ずることはない、と割り切っていた。

ユングヴィにとっての太陽は、そもそも、恩恵を与えてくれる存在ではない。守るべき、愛すべき、そして、育つのを待つべき存在なのだ。

「今の私にできることって、ソウェイルのために戦うことだけだから」

そしてそれが同時に、国への愛であり、忠義になっている。

太陽を神だと思わないことと王を信じて戦うことに矛盾がない。

そんな考え方もあるのだということに、エルナーズは初めて気づいた。

「私は、今、自分にできることだけ――」

そこで、彼女は口元を押さえた。その場にしゃがみ込んだ。

またた。

ユングヴィが胃の中のものをもどしてしまうのはこれで何度目だろう。聞けばエルナーズが気づいていなかっただけでタウリス城にいた時からずっと繰り返していたらしい。ここまでひどい状態をどうやって隠せていたのか不思議なくらいだ。彼女の戦い抜く意思が強固だからか。

「ごめん、疲れてきたのかも」

そんなことはわかっている。とっくに限界を超えているはずだ。むしろこれでもまだ疲れ切っていることを認めない彼女の強情さに呆《あき》れる。

「そろそろタウリス城に帰りましょう」

ずっとユングヴィに黙って付き従ってきたチュルカ娘がユングヴィの背中を撫《な》で

た。

「ウルミーヤで終わりです。将軍はおつとめを果たさはりました」

「ありがとう」

ユングヴィが微笑む。

「そうだね、ひと晩この近くで休憩して、夜が明けたらタウリスに向かおう」

「はい」

チュルカ娘が苦笑する。

「はよ戻って何か召し上がられんと。もうずっとちゃんとしたお食事したはらへんやろ」

「うん、ごめん、私がこんなじゃみんなも気を遣うよね。帰ったらちゃんと食べるよ、だいじょーぶ」

大きく息を吐いた。

「あー、なんか、果物食べたいなあ。無性に酸っぱいものが欲しい。青果市やってないかなあ」

「さすがにやってへんかと……お探ししましょうか？」

その時だった。

大きな音が夜空を切り裂いた。

雷鳴に似ていた。いつか聞いた爆発音にも似ていた。

エルナーズには一瞬何の音かわからなかった。

音は断続的に続いた。耳が壊れそうだ。

「何だ？」

赤軍の兵士たちがささやき合う。

「まさか――」

ユングヴィが、右手でエルナーズの腕を、左手でチュルカ娘の腕をつかんだ。

「大丈夫だからね」

強い力で引き寄せられ、抱えるように抱き締められる。

「落ち着いて、私の指示に従って」

その声は落ち着き払っている。まるで慣れているかのようだ。

慣れているのだろう。彼女にとっては――赤軍兵士にとっては、聞き慣れた音なのだろう。

銃声だ。

銃声が響いている。

「ユングヴィ！」

住宅の焼ける炎を明かりにして、何人かの男が馬で駆けつけてきた。全員表情が険しい。事態が緊迫していることを突きつけられているように感じる。

自然脈が早まる。

先頭を来た男が——赤軍の副長が馬をおりた。ユングヴィと真正面から向き合った。

「夜討ちだ！」

その声を掻《か》き消すようにまた破裂音が響く。

「包囲された。町の周りをサータム帝国の軍旗を掲げた連中が囲んでいる」

「数は」

「山から様子を見ていた斥候が言うにはざっと見積もって三千、北から西へ半円形に陣を張ってる」

ユングヴィは笑った。だがけして楽しそうな笑い方ではなかった。

「やられたね。こっちは三百がせいぜいだってのに」

吐き捨てるようにそんなことを言う。

「どこでどの部隊が衝突した？」

「町の北の端だ。住民が山へ逃げようとしているところにぶっぱなしてきやがった。お前が連れてきたタウリスのチュルカ人たちが応戦してくれてる」

「それで、副長はどうしたらいいと思う？　教えて」

素直な問いかけだった。副長は面食らったようだったが、ユングヴィが真剣に教えを乞《こ》うているのを理解してくれたらしく、彼のほうも律儀にこう答えた。

「みんなに町中へ撤収するよう言え。今なら町に人がいない、連中を引きずり込んで町中で応戦するぞ。ひとまずどこかで集合だ」

アルヤ軍の幹部らしい冷静な判断だ。しかし、みんなに言え、と言ったあたりにユングヴィへの譲歩が見られる。ユングヴィに仕事を残してくれているのだ。

副長が続けた。

「それからすぐにタウリスにひとをやって翠軍に援軍を要請する。ウルミーヤが落ちたら連中に湖を奪われることになる」

「それだけは絶対避けなきゃってラームが言ってた」

さんざんバカだ何だと言われてきたユングヴィだったが、今回は脳内でちゃんと話がつながっているらしい。

「予定が変わっちゃってラームにはちょっと申し訳ないけど、なんとか作戦を立て直してくれると信じる。全部ラームの言うとおりにして」

「わかった」

「赤軍兵士はみんな北のお寺に集合ね。私も行く」

しかし意外なことに副長はそれは了承しなかった。

「お前はこのへんにいろ」

をわかれ」

「俺たちの大将はお前だ、お前の首が渡れば投了だ。お前が生きている限り俺たちは最後の一兵になっても戦い続ける、お前は気軽に戦死できる身分じゃねえということをわかれ」

ユングヴィが苦笑した。

「私、まだ足手まといかな。今度こそ最初から最後までちゃんとやるって覚悟してるって何度も言ったのに」

「お前の気持ちの問題じゃねえ、俺たちの気持ちの問題だ」

副長もまた、真剣な顔だった。

ユングヴィと副長が向き合う。

「軍神様がいたら士気が上がるとか、そういうことは言ってくれないの？」

捉《とら》えようによっては軽口のようでもあったが、その横顔には寂しさや切なさがある。

副長が腕を伸ばした。ユングヴィの額を小突いた。

「お前でもわかるように言い直してやる」

「何さ」

「お前みたいなバカでブスでも俺たち赤軍兵士にとっちゃあお姫様なんだよ」

ユングヴィが目を大きく見開いた。

「なんでよ」

「安全なところで守ってやりたいに決まってんだろ」

うっすら口を開け、唇をわななかせる。

驚きのあまり言葉が出てこないユングヴィに、副長が苦笑した。

「もう三年前みたいなのはごめんだ。三年前どんだけ大変だったと思ってるんだ、みんなお前がどっかで死んでるかもしれないと必死に捜したんだ。二度とやりたくない」

「嘘でしょ」

「こんな状況で嘘を言うかバカ。ここは俺の頭が良かったら辞世の詩を詠んでお前に託す場面だぞ」

「私、ずっと、邪魔だから仕事をさせてもらえないんだと思って――お飾りの将軍で何もできないからだって――」

「俺たちのためを思うなら何もしないでほしかったな。だってお前、可愛いんだもん」

彼は右手を伸ばして、ユングヴィの左頬を撫《な》でた。そこにはいつの間にか涙が伝っていた。

すぐに手を離した。

「だがお前の言うとおり今ここにいる兵士は掻き集めて三百、お前が連れてきたチュルカ人たちを入れても千二百がいいところだ。そのうちみんな死ぬかもな。まあ、気にすんな」

今にも死ぬかもしれないという状況なのに、副長は朗らかな声で言う。

「そうなった時は今度こそ逃げろ。お前だけは何が何でも生きろ、生き恥を晒《さら》してでも生きろ。お前の一番の仕事はタウリスに帰って残った兵士たちを安心させてやることだ」

「副長……」

「あと、ないと思うけど、仮に捕虜になっても死のうとはするなよ。どんなに乱暴な扱いを受けても自分からは死ぬなよ。いつか絶対誰かは助けに行くからな」

最後に、副長は「貸せ」と言ってそばに立っていた一般兵士から銃を取り上げた。

そしてそれをユングヴィに突き出した。

「持ってろ」

ユングヴィは、エルナーズを離すと、手を伸ばして銃身をつかんだ。

「お守りだ。赤軍兵士がひとつだって証拠だと思ってろ。使わなくても済むように祈ってる」

「ありがとう」

副長が配下の者たちに号令をかけ始めた。ユングヴィはしばらくその背中を見つめていたが、ややして、エルナーズとチュルカ娘、それから少数の兵士を連れて副長たちとは反対のほうへ歩き出した。

あっちでもこっちでも炎がくすぶっていて、落ち着ける場所を探すのは大変だった。

歩き始めてどれくらい経っただろうか、そのうち大きな壁が残っているところにたどりついた。部分的に屋根を失い廃墟《はいきょ》と化した寺院の中だ。壁に背を預けようやく息を吐く。

そうこうしている間にも、人馬の声は絶えず響いている。むしろ音は次第に近づいてきている。きっと押されている。

しかしエルナーズにはその様子を具体的に想像することができなかった。三年前荒れ果てた野で死体を片づける兵士たちを遠くから眺めたことはあったが、今まさに目の前でぶつかろうとしている様に直面したことはなかった。

今頃死体が増えているのだろうか。どうやってだろう。

それが、近づいてきている。

エルナーズは自分にとって怖いものがまだこの世に存在しているということを知った。

「ごめんね」

隣で、エルナーズ同様に壁へもたれかかっているユングヴィが言う。

「こんなことならエルは城に置いてきてあげればよかったね」

エルナーズは首を横に振った。

「まさかこんなことになるなんて誰も思ってへんかったやろ」

「うん。大きな声じゃあ言えないけど——みんなを不安にさせたくないからね、でも——私も今、すごいびっくりしてる。帝国軍はまだ遠くにいるもんだと思い込んでたよ。迂闊《うかつ》だった」

ユングヴィは「ごめんね」と繰り返した。

「実はここのところエルをわざと連れ回してた。バハルにはさ、エルをひとりにしたくないから、って言ったけど、ほんとは私がひとりになりたくなかった」

エルナーズは「ええんやで」と苦笑した。何となくわかっていたからだ。それでも強固に抵抗しなかった自分がいる。

「あんたがこっちに来てから俺もいろんなことを考えたわ。今までの人生やったら思いつくことすらなかったやろうなっていうこと、たくさん」

そしてそれでもなお自分の考えは大して変わらない、ということも次第にわかってきた。どれだけ新しいことを知ろうとも、自分がユングヴィになることはできないし、太陽を信仰することはできない。戦うことは肯定しない。

何があっても自分は自分であり続ける。

ひとはエルナーズを成長しないと言うかもしれない。将軍に対して面と向かって言う人間はいないだろうが、誰かはどこかで陰口を叩《たた》いているかもしれない。

それでもやはり、かっこ悪いことはしたくない。

ただ――

突然、ユングヴィが膝《ひざ》を折った。その場でしゃがみ込んだ。頭を抱えて「うう」と呻《うめ》く。

「調子悪い？」

「ちょっとね。なんだか貧血っぽい、目眩《めまい》が――」

真っ青な顔をしている。

「大したことないよ」

エルナーズは、背負っていた神剣を下ろして壁に立てかけたあと、上着を脱いだ。

そして、ユングヴィの肩にかけた。

何がかっこよくて何がかっこ悪いかの基準は、少しだけ、変わったかもしれない。

「……ありがとう」

エルナーズの上着を引き寄せ、ユングヴィが呟《つぶや》くように言った。

夜は手がかじかむほど冷え込む。食事どころか水分補給すらままならない。ここまでついてきた健康な一般兵士たちも体調を崩しかねない状況だ。ただでさえ調子の悪かったユングヴィには堪《こた》えているだろう。

それに、エルナーズには、ちょっとした予感があった。

エルナーズは今のユングヴィのような症状を訴える女を見たことがあった。まだ娼《しょう》館《かん》にいた頃仕事に失敗した女たちが似たような状態に陥って苦しんでいたのをおぼえている。

ユングヴィ自身は自覚していないようだ。わかっていて気づいていないふりをしている可能性もあったが、いずれにせよ認めてはいない。

エルナーズもあまり考えたくはなかった。あのユングヴィが、と思うと否定したくなってしまう。だが、どんなことでも用心するに越したことはない。

「冷やさんようにしぃや」

ユングヴィの隣にしゃがみ込み、翠《みどり》の神剣を支えにして体を丸めた。

窓枠だった部分から朝日が差し入る。警戒して外をにらむチュルカ娘の頬を、まばゆい日の光が照らしている。

「——買い物に行きたい」

ユングヴィが呟く。

「エスファーナの中央市場に行きたい」

「酸っぱいものが欲しいんやったな」

「いや、それもあるけど、なんか、ソウェイル連れて木綿市場をうろうろしたいなーと思って」

　その目は遠くを見ている。

「ソウェイルと一緒に暮らしてた時さあ。私、仕事でばたばたしていて、ソウェイルにあんまり服作ってあげられなくて。仕立て屋に連れていくわけにもいかないから、出来合いの服ばっかり買ってた。それも、体の大きさを測らなくてもいいよう、女の子向けの服ばっかり」

　うつろな目でぼやく。

「私が悪かったのかなあ」

「何が？」

「ソウェイル、あんまり男の子らしくないかな、って思うんだ。フェイフュー殿下を見てると、たくましくて、剣術もよくおできになって、食事もたくさん召し上がられて、なんか、男の子はああであってほしいなー、って。私がソウェイルをもっとちゃんと男の子として扱ってあげれてたらあんな風になったかな、って思っちゃう」

　急に語り出したので少し戸惑ったが、エルナーズは、どうして今突然、とは指摘しないことにした。どんな話題でもいいからしゃべり続けていたほうがいい。何もしゃべらなくなったらその時はきっと立ち上がれなくなっている。

　立ち上がらなくてもいいかもしれない。彼女はここまでよくやった。

神剣を、抱き締めた。

「関係あらへん」

エルナーズははっきりと否定した。

「男の子の恰好《かっこう》してようが、女の子の恰好してようが、一緒。たくましい子はたくましいし、あかん子はあかん。それに性別は関係あらへん。まして服装がどうかなんて些細《ささい》な問題」

ユングヴィは力なく笑った。

「エルが言うと説得力あるなあ」

「せやろ？」

「エルはかっこよくなったよ。でも、それって確かに、エルが男らしくなるのとはあまり関係ない気がするね。いつの間にか背が伸びて、目線が私より高くなったのは、びっくりしたけど。そんなのは、普段から意識してるわけじゃないや」

腕をまわしてユングヴィの肩を抱いた。ユングヴィの髪に傷のない右頬を寄せ、腕を撫《な》でるように叩いた。

「泣きたかったら泣いてもええで。受け止めたげる」

「やだ、かっこよすぎでしょ……」

不意に目の前に膝をついた者があった。チュルカ娘だ。

「わたし、タウリスに行こうと思います」

声が泣きそうに震えている。

「ユングヴィ将軍をこれ以上ここに置いておきたないです。ウルミーヤに、やなくて、ほんま、ここ、言うて、誰かに来ていただきたいんです。せやからひとを呼びに行きます」

また、銃声が響いた。いよいよすぐそこまで迫ってきているようだった。

「何言ってるの、危ないよ」

チュルカ娘が首を横に振る。

「せやけどここにはエルナーズ将軍も赤軍兵士のみんなもいたはります、ここに人を割いてもらわんと」

エルナーズとユングヴィの目が合った。

「そうだね。エルをこれ以上戦場に置いておきたくないし、私の首が獲《と》られたら終わりなんだった」

人の声が近づいてきている。

「すごく危ないと思うよ。できる？」

彼女は大きく頷《うなず》いた。

ユングヴィは「よし」と言って立ち上がった。

「みんな、一発やるよ」

　そうして、副長がお守りにと渡した銃を手に取った。

「この子を裏から出す。私たちは表でサータム兵を引きつけよう」

　それまで黙って座り込んでいた赤軍兵士たち数名も、続々と立ち上がった。

「お前、その体でできんのかよ」

「やる。あんたらは黙って指示に従うんだよ」

　腰に下げていた小袋から、鉛色に輝く弾と白い包み紙の何かを取り出す。包み紙の中の黒い粉を銃口に注ぐ――火薬だ。

　銃口の上、銃身に取り付けられた筒から、細い棒を取り出す。その棒を銃口から突っ込んで弾と火薬を筒の奥深くに押し込める。

「すぐそこにいるサータム兵を薙《な》ぎ倒せればいい。この子が外に出られる隙さえ作れれば充分だ」

　一拍間があった。

　赤軍兵士たちの視線が仲間内の中のひとりに注がれた。確かこの中でも小隊長と呼ばれていた男だ。

　彼はしばらくの間ユングヴィを見つめていた。何かもの言いたげだ。不満があるらしい。

ユングヴィは折れなかった。にらむように鋭い目つきで彼を見つめ返した。

「やってくれるよね？」

少しの間、沈黙が続いた。

ややしてから、小隊長のほうが折れて溜息《ためいき》をついた。

「しょうがねえな」

その言葉を合図に、赤軍兵士たちがそれぞれに銃を持ち上げた。

「将軍がやれってんならやるんだ。お前ら、ぬかるんじゃねーぞ」

しぶしぶといった様子で、全員が壁に向かった。崩れてエルナーズの胸ほどまでしかない壁だ。その壁の上に銃口を並べた。

壁の向こうにサータム兵たちの姿があった。十人にも満たない数のようだ。頭をしきりに動かしてあたりを見回している。何かを捜しているように見える。きっとユングヴィを捜しているのだろう。まさかそのユングヴィが自分たちに向かって銃を構えているとは思うまい。

「行きな」

チュルカ娘は大きく頷くと裏手に向かって駆け出した。

「エル、あんたはできるだけ身を低くして。あと、耳、押さえてたほうがいいかもよ」

銃撃戦に慣れないエルナーズは素直に「わかった」と言って神剣を抱き直し体を縮

こまらせた。

「用意」

かちゃり、という、金属音がした。赤軍の一同が撃鉄を持ち上げた音だ。

始まる。

エルナーズは目を閉じた。

「撃て！」

轟音《ごうおん》が響き渡った。

大きなものが——きっとサータム兵たちが——倒れる音がした。

「やった？」

エルナーズが体を起こそうとした。

ユングヴィが「だめ」と怒鳴った。

もう一度、雷が落ちた、気がした。

目を丸く見開いた。

赤軍兵士たちの体が吹っ飛んだ。後ろの壁に激突した。

その腹や胸から赤い液体が滲《にじ》み出した。

「っああ」

エルナーズの頬にも雫《しずく》が散った。

ユングヴィが左肩を押さえてうずくまった。その手の隙間から血が流れていた。よく見れば肩に穴が開いている。

撃ち返された。

奴らも銃を持っているのだ。

けれどユングヴィは肩を押さえたまま立ち上がって号令した。

「今だ！　次を装塡《そうてん》する前に殺せ！」

まだ立っていた赤軍兵士たちが銃を放り投げて剣を抜いた。駆け出し、壁を乗り越えた。

エルナーズも壁から顔を出して外を見た。

こちらに突進してくるサータム兵の姿があった。地面に転がった同胞の死体を踏みつけて来る。その後方には先ほどユングヴィがしていたように弾込めをしている兵士数人の姿も見える。

赤軍兵士たちは、ユングヴィは、彼らが次を撃つまでの時間で、剣で突撃して決めようとしているのだ。

無茶だ。

ユングヴィが神剣を抜いた。紅蓮《ぐれん》の燐光《りんこう》があたりに散った。その光はまるでユングヴィの生気を吸い取っているかのようだった。ユングヴィの肩から流れ出た液体がその紅《あか》い柄《つか》に伝う。同じ色をしている。

「もうあかん！」

思わず叫んだ。

「負けや！　これ以上やったらほんまに死ぬで！　投降して捕虜なり何なり――」

「やめない！」

ユングヴィも兵士たちに続いて壁を乗り越えた。

「私は負けない！　戦える限り戦い続けるって決めたんだ！」

赤軍兵士たちの刃《やいば》とサータム兵たちの刃がかち合った。

サータム兵が何かを叫んでいる。サータム語なので聞き取れない。だがユングヴィを指差しているのはわかる。きっと彼女の話をしている。

ユングヴィがサータム兵に見つかった。

このまま彼女の首が獲られたら終わりだ。

ユングヴィが構えた神剣の刃にサータム兵の湾曲剣がぶつかった。左腕に力が入らないらしいユングヴィの剣がぶれた。

すぐそばにもうひとりサータム兵が近づいてきた。

もうひとりのサータム兵の剣の切っ先がユングヴィの背中に触れた。

まずい。

エルナーズも駆け出した。壁を踏み越えた。

神剣を抜いた。

太陽の威光にまつろう色、山の端《は》にかかる柔らかな空の色の光が、あたりに輝いた。

清廉と高潔の神剣、翡翠《ひすい》の御剣《みつるぎ》の色だ。

使い方をわかっているわけではなかった。いつかそれでも念のためと言われて訓練させられた記憶だけが頼りだ。腕は伸び切っている。切っ先がぶれる。

「エル」

今の自分はけしてかっこよくないだろう。

だが、エルナーズは思ったのだ。

「何もしいひんのはもっとかっこ悪いやろ……！」

それでも翠《みどり》の神剣は目の前にいるサータム兵を刺し貫いた。

嫌な感触だった。肉の重みだった。一生味わいたくなかった。

けれど今やらなければやられるのは自分でありユングヴィだ。

必死に振り払った。剣に突き刺さっていたサータム兵の体が地面に落ちた。助かった。抜けなかったらと思うと背中が寒くなる。

ユングヴィのすぐそばに、背中合わせに立った。

彼女の息が荒い。肩や背中からも出血がある。あまり長くはもたないだろう。

ここで逃げるのはきっとかっこ悪い。そんな自分は見たくない。

ユングヴィを見捨てたら一生後悔する。

自分が代わりに戦わなければならない。

とはいえ今生まれて初めてひとに剣を向けた自分にこれ以上何が――

そう思って剣を構えた、その、次の時だ。

しゃらん、という、音がした。

しゃらん、しゃらん、という、銀細工の触れ合う音が、した。

それから続いて馬のいななき、ひづめ、男たちの雄叫《おたけ》び、引き抜かれた剣の金属音
――

音のほうを見た。

エルナーズが視認するより彼らのほうが速かった。エルナーズが彼らを何であるか理解するより彼らがここへたどりつくほうが先だった。

影、だった。あるいは闇だった。漆黒を凝縮したような黒いかたまりが迫り来た。

黒い軍馬の軍団だ。

闇そのものの色をした禍々《まがまが》しい神剣が閃《ひらめ》いた。

エルナーズとユングヴィを囲んでいたサータム兵たちの首を一刀のもとに刎《は》ねた。

一瞬、時間が止まった。

サータム兵たちの間から悲鳴が上がった。

先頭を来た男が、血に濡《ぬ》れた黒い刃を片手に持ったまま、馬をおりた。

「よお」

しゃらん、という、涼やかな音が響いた。

「助けに来てやったぞ」

片方の手で頭を覆っていた兜《かぶと》を外す。首の後ろでひとつに束ねられたいくつもの細かな三つ編みが揺れる。

まるで何事もなかったかのようにいつものひょうひょうとした顔で笑っている。

「お前ら、俺に会いたかっただろ」

「サヴァシュ」

ユングヴィが神剣を放り出した。今までの彼女からは想像もできないような声で泣き叫んだ。

「会い、た、か――」

嗚咽《おえつ》にまみれた声はそれ以上言葉にならなかった。

サヴァシュが、兜を馬の背にのせ、黒い神剣を地面に突き立てた。そして、腕を伸ばした。

腕の中に飛び込んできたユングヴィをしっかりと抱き留めた。

それから、片腕でユングヴィを抱えたまま、もう片方の手をエルナーズに向かって伸ばした。

「お前も来ていいぞ」

エルナーズは笑って答えた。

「アホやないの」

口先では、の話だ。

本当は嬉《うれ》しい。

たまには素直になってやろうではないか。

エルナーズも神剣を地面に突き刺してサヴァシュに駆け寄った。

勢いよく飛びついた。

サヴァシュはそんなエルナーズをも強く抱き締めた。

「二人ともよくがんばったな」

心の底から安堵《あんど》した。

大陸最強の男が来たのだ。

これで助かる。

サヴァシュの肩に額をすり寄せて大きく息を吐いた。

「ようここがわかったやん」

「途中でお前らの居場所を知っているという娘を保護した」

「あの子ちゃんと合流できたんやな」

「よ、よかっ、た……」

ユングヴィが突然くずおれた。膝《ひざ》から力が抜けてしまったらしく、地面に膝をついた。そして、サヴァシュの脚にもたれかかって目を閉じた。

「……あん？　何だこいつ」

サヴァシュは、エルナーズを離して、ユングヴィを抱え起こそうとした。

ユングヴィの背に触れた。

サヴァシュの手が、真っ赤に染まった。

サヴァシュが目を丸くした。

「殺す」

意識を失っているユングヴィを抱き上げ、叫ぶ。

『サータム人どもを皆殺しにしろ！』

将軍の号令を待っていたのだろう。黒軍の獰猛《どうもう》な戦士たちは狂喜の声を上げてすぐに馬で駆け始めた。

『ひとの嫁をぼろぼろにしておいて生きて帰れると思うなよ』

その日、ウルミーヤの町はチュルカの戦士たちに屠《ほふ》られたサータム兵たちの血で濡れた。


草がわずかに点在している山肌を、一人の少年が山羊《やぎ》を引き連れて歩いている。

少年の姿を見て、バハルはほっと息を吐いた。

『カーヒル！』

少年が顔を上げる。

少年は、最初のうちこそ何が起こったのかわからないという顔でバハルを眺めていたが、やがて、笑みを浮かべて駆け寄ってきた。

『父さん！』

抱きついてきた少年を全力で抱き締める。世界じゅうの何物も自分たちを引き離すことができないように、強く、強く抱き締める。

『背が伸びたな。なんだか急に大人っぽくなったみたいに見える』

『急にって、最後に会ったのは三年前だぞ』

頬を、胸に、すり寄せる。

『俺ももうすぐ十二歳だ。成長するに決まってる』

『そうだな。悪かった。なかなか帰ってこれなくて、お前には苦労をさせてるなあ』

だが少年はバハルを責めなかった。

『その分重大な仕事をしているということなんだろ』

体を離して、父の目を見つめる。彼の目も父の目も同じ薄い色の瞳《ひとみ》だ。

『俺は父さんにしかできない仕事をしている父さんを誇りに思ってる。父さんは他の誰にもできない秘密の任務に携わってるんだ』

その声は力強い。

『俺も父さんみたいな軍人になりたい。誰にも褒められなくていい、誰にも振り返られなくていい、サータム帝国のために働きたいんだ。サータム帝国と、それから、アルヤ民族の、平和のために』

バハルの手が震えたのも知らず少年は笑顔で続ける。

『十二になったら軍隊に入る。帝都に行って、軍学校の宿舎に入ることにした』

『本気か』

『ばあちゃんには許可を取った。ばあちゃんをひとりにさせるのはつらいけど、俺がきちんと給金を貰《もら》えるようになったら帝都に呼んで一緒に暮らすんだ』

そして少しうつむく。

『この家は取り壊すことになっちゃうかもしれない。それは、父さんに申し訳ない。父さんと母さんの思い出の家なのに——俺が守っていくって約束したのに』

ババハルは首を横に振って少年の頭を撫《な》でた。

『いいんだ。お前の好きにしろ』

『父さん』

『この家はもうお前のものだ。いつ帰ってくるか知れない父さんのことは待たなくていい。お前がそうと決めたなら——』

一度、息を呑《の》む。

『俺は、反対はしない』

本当は泣き叫んで止めたい。

息子の無邪気な顔を見ていると、何も言えない。

『自分で自分の将来を決められるようになったお前を誇りに思う』

少年が笑った。

すぐそばにある小屋のような家の扉が開いた。出てきたのは初老の女だ。頭を覆う布からはみ出た髪はほとんど白いが、ふくよかな顔や機敏な動きにはまだ若さが残っている。

『カーヒル、何を騒いでるんだい』

『ばあちゃん！』

初老の女が目を丸くした。

『バハル？　バハルや、お前、帰ってきたのかい』

変わらぬ様子の母を見て、バハルはまた、苦笑を浮かべた。

『たった今』

『でもあんた、今おかみがタウリスに攻め込んだって聞いたよ』

『そう。戦線を少し抜け出してきた。だからすぐに帰る』

少年が笑みを消して悲しそうな表情を作った。

『やっぱり一緒にはいられないのか』

『ごめんな』

『いや、しょうがない』

笑みを作り直す。

『今度こそ。今度の戦争が、終わったら。村に帰ってこれるんだよな』

『カーヒル……』

『この戦争で、アルヤ王国が、完全になくなったら。アルヤ王国の人たちが太陽を諦《あきら》めて改宗して皇帝陛下につくと言ってくれれば。みんなみんな、平和に暮らせるんだろ』

　少年の瞳は、まっすぐだ。

『そうなんだろ』

　溜息《ためいき》をついたのは老母だ。

『お前は少しあちらに行ってなさい。ばあちゃん、お父さんと大事な話をするから。食事の時には呼んであげるよ、少し山羊の世話をして待っていなさい』

　不承不承ながらも、少年は頷《うなず》いてその場を離れた。

　遠ざかっていく背中を眺める。

　彼の肩はまだ華奢《きゃしゃ》だ。世界の理《ことわり》を背負うにはまだ細すぎる。

　あの子は何ひとつ悪いことをしていない。母は亡く父もそばにいない祖母と二人きりの生活の中でも、すさむことなくまっすぐに生きている。

　耐えれば、働けば、世界は平和になると信じている。

　今は神の愛を祈るしかない。

　老母に導かれるまま、家の中に入った。狭い土壁の部屋の中、粗末な敷き物の上に二人向かい合って座った。

　ここは静かだ。軍馬のいななきも銃声も聞こえない。まるで世界が平和であるかのようだった。

この山がちの村はサータム帝国領とアルヤ王国領のはざまにある。村で暮らす人間は基本的にサータム人で聖法教《せいほう》の信徒だが、みんなアルヤ文化に明るい。祭りの時にはアルヤ人の村と交流する。商売もすれば灌漑《かんがい》の協力もする。通婚も進んでいる。したがってたいていはサータム語とアルヤ語の両方ができる。

だから、アルヤ王国軍に忍び込むのも簡単だ。

バハルは家族を養えるなら何でもすると誓った。多少嘘をつくことになっても金になるならいいと判断した。

国境を越えるのは大したことではなかった。遠くの帝国の都より近くの王国のタウリスのほうが家族も安心だろう、という程度に思っていた。

そもそも、この世に国境など存在しないと思っていた。この村はサータム帝国とアルヤ王国の間にあって、どちらでもないしどちらでもある。そして、大地に線など引かれていない。壁はひとびとの心の中にしかなく、その壁もほんの少しの思いやりで簡単に乗り越えることができる。

そう信じていた。

すべての人間が神を愛し神に愛されて生きているのだと、思い込んでいた。

『あの子はまだアルヤ人とサータム人はわかり合えると思ってるよ』

老母が涙声で言う。

『お父さんとお母さんが仲良く暮らしていたのをおぼえてるんだよ。みんなああやって暮らせると思い込んでるんだ』

妻が生きていた頃のことを思い出す。

彼女は山向こうのアルヤ人の村から嫁いできた。サータム語をしゃべってこの村に馴染《なじ》もうとしていた。改宗もした。彼女は一度、神への信仰を告白した。

三年前の戦争が始まった時、山向こうの村から迎えが来たらしい。山向こうからやって来た彼女の親族の男たちは、サータム男のもとに娘をやったことについて、どうかしていた、と言った。誇り高いアルヤ民族の血を引く娘がここにいてはいけないと、声高に叫んだ。

夫の親族と自分の親族に挟まれ苦しんだ彼女は、村の真ん中で、改宗は嘘だったと、今も太陽を崇拝していると言ってしまったのだそうだ。

怒った村の人たちは彼女に油を注ぎ火をつけた。

――邪教を信じる傲慢《ごうまん》なアルヤの豚め、大好きな炎にまかれて燃えてしまえばいい。

『自分の母親があんな目にあって死んだのに、まだ、誰も憎めないんだよ』

バハルは拳《こぶし》を握り締めた。

『俺もだ』

妻が本当の意味で改宗したわけではないことも知っていた。彼女が礼拝を欠かすことがあるのにも気づいていた。

息子にとって良き母であるなら構わない。息子に太陽崇拝を強要しないならそれでいい。サータム語で暮らしてくれるなら頭の中ではアルヤ語こそ世界で一番美しい言葉だと思っていてもいい。

壁など乗り越えられる。大事なのはほんの少しの思いやりだ。

『俺にはどうしても誰かを悪い奴だと思うことができない』

それでも、アルヤ人である妻を愛していた。

『向こうで暮らす時間が長くなるにつれて不安になってくる。俺はアルヤ人を追い詰めてるだけじゃないのか？　やればやるほどサータム人から心が離れていくんじゃないのか？　こんなことをして本当にひとつになれるのか、愛し合えるのか？　俺は嫁とどうやって暮らしていたのか、こんな乱暴なこと一度でも嫁にしたことあったか』

いつかわかり合えるのだと、信じていたい。

『お袋、教えてくれ。俺はどれだけ殺せばいいんだ。どれだけ殺せばみんな平和になるんだ』

背に負っていた神剣を、床に放り出した。

『十七の若者と十九の女の子がひどい怪我をしている。もしかしたら今頃死んでいるかもしれない。いや遅かれ早かれ死ぬ。あの子たちが神に背いて帝国軍に刃《やいば》を向けている以上、俺はあの子たちのことを帝国軍に報告しなければいけない。近々さらにもうひとり殺す、十四のまだ子供っぽい顔をした少年が——あの子は俺が何をしているのかに気づいてる、早く殺さないと今度は俺が殺される。早く、早く殺さないと——』

神剣は黄金色に輝いていた。

『十代の若者ばかり三人も犠牲にして、俺は何をしたかったんだろう』

こんなことで、息子が誇れる仕事だと言えるだろうか。

『どうして俺が神剣を抜いたんだ。神剣はサータム人である俺に何をさせたいんだ』

母の手をつかんだ。

『神剣を抜いただけの俺が神剣を抜いただけの若者たちを殺さなければいけない？アルヤ王国に神の慈悲はないのかよ』

母は、バハルの手を握り返した。

『神様はきっとすべてご存じだよ』

その笑顔は泣きそうにゆがんでいた。

『神様はきっとそのアルヤ人の若者たちを助けてくださるよ。お前もだ。お前が犠牲になればいいいわけじゃない。きっと、みんな、みんな——』

『お袋……』

『私も信じるよ。いつかわかり合える日が来るよ。お前が大事にしているアルヤ人たちを私も大事にするよ』

日に焼けた頰に涙がこぼれた。

『神様は、きっとみんな、愛してくださるよ。さあ、祈ろう。全知全能にして唯一の神はまことに偉大なり』

本書はWEB小説サイト「カクヨム」に発表された「蒼き太陽の詩」を加筆・修正し、一部タイトルを変更のうえ文庫化したものです。

蒼《あお》き太《たい》陽《よう》の詩《うた》2

アルヤ王国宮廷物語《おうこくきゅうていものがたり》

日《ひ》崎《ざき》アユム

令和5年 5月25日　初版発行

発行者●山下直久

発行●株式会社KADOKAWA
〒102-8177　東京都千代田区富士見2-13-3
電話　0570-002-301（ナビダイヤル）

角川文庫 23657

印刷所●株式会社暁印刷
製本所●本間製本株式会社

表紙画●和田三造

●お問い合わせ
https://www.kadokawa.co.jp/（「お問い合わせ」へお進みください）
※内容によっては、お答えできない場合があります。
※サポートは日本国内のみとさせていただきます。
※Japanese text only

ISBN 978-4-04-113565-5　C0193

角川文庫発刊に際して

角川源義

第二次世界大戦の敗北は、軍事力の敗北であった以上に、私たちの若い文化力の敗退であった。私たちの文化が戦争に対して如何に無力であり、単なるあだ花に過ぎなかったかを、私たちは身を以て体験し痛感した。西洋近代文化の摂取にとって、明治以後八十年の歳月は決して短かすぎたとは言えない。にもかかわらず、近代文化の伝統を確立し、自由な批判と柔軟な良識に富む文化層として自らを形成することに私たちは失敗して来た。そしてこれは、各層への文化の普及滲透を任務とする出版人の責任でもあった。

一九四五年以来、私たちは再び振出しに戻り、第一歩から踏み出すことを余儀なくされた。これは大きな不幸ではあるが、反面、これまでの混沌・未熟・歪曲の中にあった我が国の文化に秩序と確たる基礎を齎らすためには絶好の機会でもある。角川書店は、このような祖国の文化的危機にあたり、微力をも顧みず再建の礎石たるべき抱負と決意とをもって出発したが、ここに創立以来の念願を果すべく角川文庫を発刊する。これまで刊行されたあらゆる全集叢書文庫類の長所と短所とを検討し、古今東西の不朽の典籍を、良心的編集のもとに、廉価に、そして書架にふさわしい美本として、多くのひとびとに提供しようとする。しかし私たちは徒らに百科全書的な知識のジレッタントを作ることを目的とせず、あくまで祖国の文化に秩序と再建への道を示し、この文庫を角川書店の栄ある事業として、今後永久に継続発展せしめ、学芸と教養との殿堂として大成せんことを期したい。多くの読書子の愛情ある忠言と支持とによって、この希望と抱負とを完遂せしめられんことを願う。

一九四九年五月三日

角川文庫ベストセラー

RDG3　レッドデータガール
夏休みの過ごしかた

荻原規子

学園祭の企画準備で、夏休みに泉水子たち生徒会執行部は、真響の地元・長野県戸隠で合宿をすることになる。そこで、宗田三姉弟の謎に迫る大事件が……！　大人気RDGシリーズ第3巻!!

RDG4　レッドデータガール
世界遺産の少女

荻原規子

夏休みの終わりに学園に戻った泉水子は、〈戦国学園祭〉の準備に追われる。衣装の着付け講習会で急遽、モデルを務めることになった泉水子だったが……物語はいよいよ佳境へ！　RDGシリーズ第4巻!!

RDG5　レッドデータガール
学園の一番長い日

荻原規子

いよいよ始まった戦国学園祭。八王子城攻めに見立てた合戦ゲーム中、高柳が仕掛けた罠にはまってしまったことを知った泉水子は、怒りを抑えられなくなる。ついに動きだした泉水子の運命は……大人気第5巻。

RDG6　レッドデータガール
星降る夜に願うこと

荻原規子

泉水子は学園トップと判定されるが……。国際自然保護連合は、人間を救済する人間の世界遺産を見つけだすため、動き始めた。泉水子と深行は、誰も思いつかない道へと踏みだす。ついにRDGシリーズ完結！

RDG　レッドデータガール
氷の靴　ガラスの靴

荻原規子

冬休み明けの学園に戻った真響は久しぶりに会う泉水子の変化に気がつき焦りを感じていた。そんなある日、真響の許嫁をめぐり宗田家によってスケート教室が仕組まれるが、予想外の凶事が起きてしまって。

角川文庫ベストセラー

西の善き魔女6
金の糸紡げば
荻原規子

8歳になるフィリエルは、天文台に住む父親のディー博士、お隣のホーリー夫妻と4人だけで高地に暮らしていた。ある日、不思議な子どもがやってくる。フィリエルとルーンの運命的な出会いを描く外伝。

西の善き魔女7
銀の鳥 プラチナの鳥
荻原規子

女王の座をレアンドラと争うアデイルは、帝国の動向を探るためトルバート国へ潜入する。だがそこには巧妙に張り巡らされた罠が……事件の黒幕とは⁉ 幻の短編「彼女のユニコーン、彼女の猫」を収録！

西の善き魔女8
真昼の星迷走
荻原規子

フィリエルは女王候補の資格を得るために、ルーンは騎士としてフィリエルの側にいることを許されるために。お互いを想い、2人はそれぞれ命を賭けた旅に出る。旅路の果てに再会した2人が目にしたものとは⁉

これは王国のかぎ
荻原規子

失恋した15歳の誕生日、ひろみは目が覚めたらアラビアンナイトの世界に飛び込んでしまった、しかも魔神《ジン》族として！ 王宮から逃げ出した王太子、空飛ぶ木馬、絶世の奴隷美少女。荻原規子の初期作品復活！

後宮に月は満ちる
金椛国春秋
篠原悠希

男子禁制の後宮で、女装して女官を務める遊圭。表向きの命は、皇太后の娘で引きこもりのぽっちゃり姫・麗華の健康回復。けれど麗華はとんでもない難敵！ 後宮の陰謀を探るという密命も課せられた遊圭は……。

角川文庫ベストセラー

鳳は北天に舞う
金椛国春秋
篠原悠希

臥竜《がりゅう》は漠北に起《た》つ
金椛国春秋
篠原悠希

比翼は万里を翔《かけ》る
金椛国春秋
篠原悠希

月下氷人
金椛国春秋外伝
篠原悠希

彩雲国物語 1〜3
雪乃紗衣

隣国の脅威が迫る中、帝都へ帰還した遊圭。婚約者の明々と再会できたら、待望の祝言を……と思いきや、後宮で発生したとんでもない事態にまきこまれ……。

敵地に乗り込んでの人質奪還作戦が成功したのも束の間、負傷した玄月は敵地に残り消息を絶ってしまう。彼を捜し出すため、遊圭は敵陣に潜入することに。そんな中、あの人物がついにある決断を……⁉

敵国との戦況が落ち着いている隙に、遊圭は延び延びになっていた明々との祝言を、のはずが遊圭に縁談が持ち込まれ破局の危機⁉　さらに皇帝陽元による親征が始まり……最後まで目が離せない圧巻の本編完結。

ついに明々と結ばれた遊圭は束の間の休日を過ごすが、心に掛かるある遺恨があった。遊圭たちの入宮前、玄月・凜々・陽元たちはどのような人生を送り、後宮で出逢ったのか。シリーズファン必読の短編4作！

世渡り下手の父のせいで彩雲国屈指の名門ながら、どん底に貧乏な紅家のお嬢様・秀麗。彼女に与えられた大仕事は、貴妃となってダメ王様を再教育することだった……少女小説の金字塔登場！

角川文庫ベストセラー

彩雲国物語
四、想いは遙かなる茶都へ
雪乃紗衣

杜影月とともに茶州州牧に任ぜられた紅秀麗。新米官吏としては破格の出世だが、赴任先の茶州は荒れている地。隠密の旅にて茶州を目指すが、そんなにうまく事が運ぶはずもなく？　急展開のシリーズ第4弾！

彩雲国物語
五、漆黒の月の宴
雪乃紗衣

州牧に任ぜられた紅秀麗一行は州都・琥璉入りを目指す。だが新州牧の介入を面白く思わない豪族・茶家は妨害工作を仕掛けてくる。秀麗の背後に魔の手は確実に迫っていき!?　衝撃のシリーズ第5弾!!

彩雲国物語
六、欠けゆく白銀の砂時計
雪乃紗衣

新年の朝賀という大役を引き受けた女性州牧の紅秀麗は、王都・貴陽へと向かう。久しぶりに再会した国王・紫劉輝は、かつてとは違った印象で——。恋も仕事も波瀾万丈、超人気の極彩色ファンタジー第6弾。

彩雲国物語
七、心は藍よりも深く
雪乃紗衣

久々の王都で茶州を救うための案件を形にするため、大忙しの紅秀麗。しかしそんなとき、茶州で奇病が流行っていることを知る。他にも衝撃の事実を知り、いてもたってもいられない秀麗は——。

彩雲国物語
八、光降る碧の大地
雪乃紗衣

紅秀麗は奇病の流行を抑え、姿を消したもう一人の州牧・影月を捜すため、急遽茶州へ戻ることに。しかし、秀麗が奇病の原因だという「邪仙教」の教えが広まっており——。超人気ファンタジー「影月編」完結！